山の眼玉

山男（三）　56.0× 36.5cm　1956年

ザイル　34.5×21.6cm　1957年

山のよろこび　60.9× 42.6cm　1957年

さけぶ三人　49.7× 37.9cm　1968年

燕（頂上の小屋）　29.8× 23.6cm　1967年

涸沢(涸沢の小屋)　29.8× 23.5cm　1967年

家族　22.5× 17.7cm　1975年

山の家族　39.2× 28.4cm　1975年

山湖のほとり　29.0× 39.0cm　1983年

鳥のすむ森　39.3× 28.8cm　1975年

石鎚山　39.5× 79.8cm　1985年

石 鎚 山 '85 AP

大正池　26.0× 36.4cm　1949年

八ヶ岳山ろく（冬）　28.9× 40.9cm　1952年

白い山男　31.0× 25.5cm　1964年

(扉)鳥をいだく　40.3× 29.3cm　1956年

ヤマケイ文庫

山の眼玉

Azechi Umetaro

畦地梅太郎

Y L
Yamakei Library

山の眼玉　目次

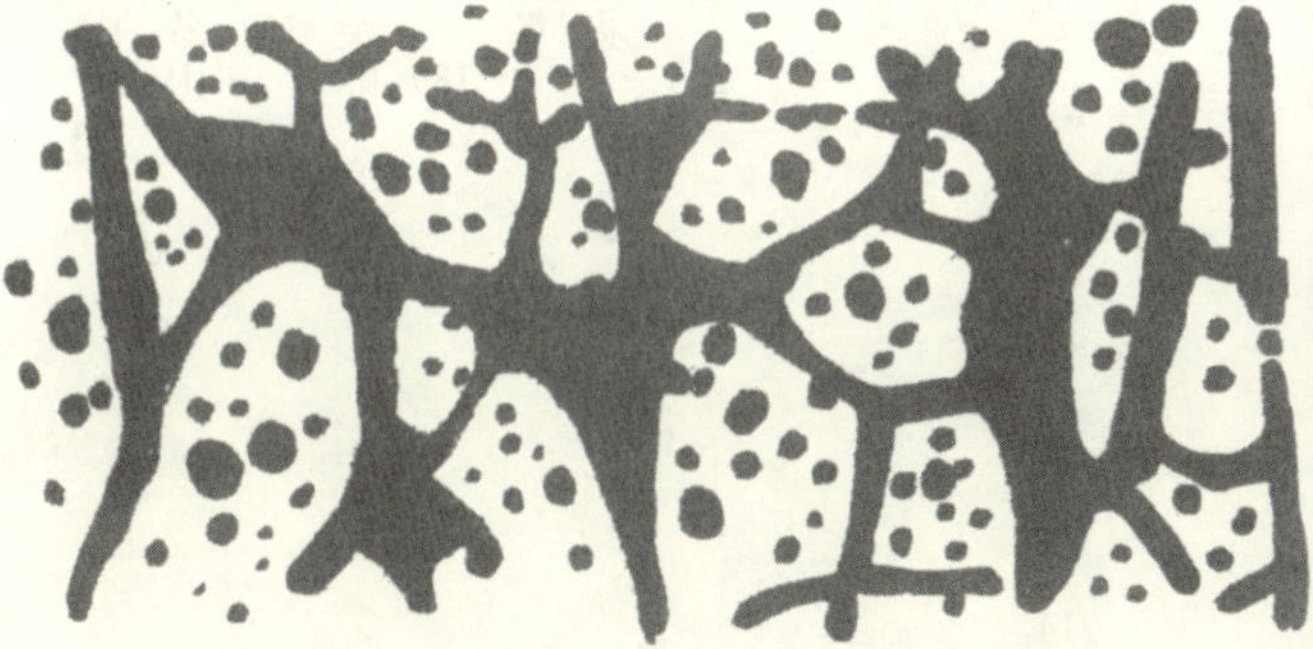

山の眼玉

雪の峠道

信州麻績《おみ》の知人の家で正月を迎え、そのまま半月近くも居候をしたことがあった。これはもうかなり前の古い話である。居候といっても、知人の仕事を少しは手伝ったので全然居候というわけではなかった。しかし昼間は近くの村や雪山を歩き回って暮らした。

冠着《かむりき》山と猿ガ馬場峠の中ほどを越す、一本槍峠を登って「田毎の月」の雪景色を見たいものだと急に思いついて、昼頃からいつもの手でぶらりと出かけた。

峠の南面は雪も浅く、冬日が山腹いっぱいにあたるので汗ばむ暖かさで、ゆるい登りが続いた。山の端に出ると千曲川は見えぬが、その東方の山々は雪をかぶってひろがっていた。ことに菅平のスキー場の雪面は青空にくっきりと浮かびあがり、折々雪煙りの舞うのが眺められた。

大木の落葉松《からまつ》の林の中を道は横切る。ときに越す人もあるのか、足跡が点々とついていた。樹上から落ちる雪は枝にぶつかって散乱し、首すじに舞いこみ、冷たさにぞっとした。姿は見えぬが鳴きさけんで飛び去る鳥の気配のそのあとは、深閑として物音一つしない静けさであった。

峠の頂上がどこであったか気づかぬままに道はやがて平地へ出た。疎林の中の道はすっかり雪で閉ざされていて深々として踏跡が消えかけていた。その腰も埋まる雪の道を泳ぐようにして進んだ。左の下方に池が見えて、張りつめた水面に雪が積っていた。このあたりまで燃料用にするのか枝木を取りにきたものらしく、雪面は小枝や木の葉が散り、人の踏跡が乱れていた。

「おばすて」駅近くの急な坂道はこちこちに凍りつき、友人から借りて、はじめてはいたスキー靴では、なんとしても滑って降りようもなかった。転んだままで駅近くまでたどりついたようなものであった。駅近くの雪道では、子供らが青竹で作ったスキーで見事にわたしの横を滑り下って行く、その手際のよさに感心して、しばし見とれた。

はじめてはいた輪かんじき

先輩の紹介もあって、長岡に住む人から輪かん（じき）と、わら靴二種が届いた。わら靴の方は、戦時中履物に不自由した頃、大変役に立った。輪かんは街の運動具店で見かける、あのようなととのった形でも美しさでもなく、粗末なものであった。暖国に生れて育ったわたしは、雪国の道具が、とても珍しくて、柱にぶらさげたり、はいて座敷を歩いたりしてたのしんだ。

そのころ友人Fが霧ガ峰から帰ってきて、「はじめてスキーをやったんだよ」と顔をふせて話をする。その顔をのぞきこむと、雪やけの顔のあちこちに血のにじんだ擦傷《すりきず》がずいぶんあった。わたしは雪上のFの様子を想像して、おかしくなった。そして二人で大笑いをした。その後Fは今日までスキーに行った様子がない。

Fからさんざん雪の話にあおられてわたしも雪

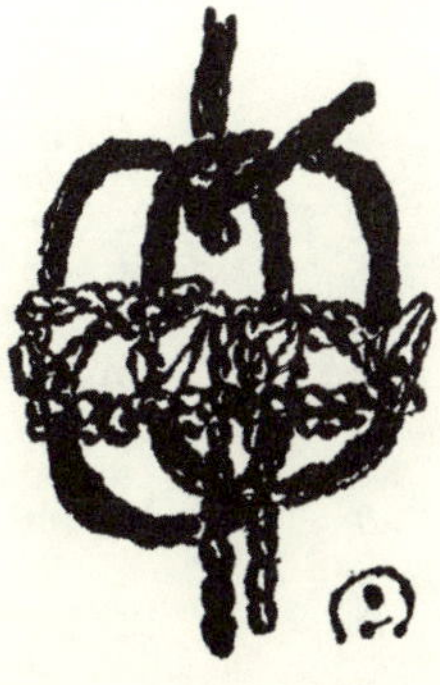

山へ出かけた。信州峠も南を受けた甲州側は雪もなくぽかぽかと暖かく汗をかいた。日だまりで下着をとりかえるのに素裸になっても寒くなかった。木柵があり石を積んだあたりを過ぎると、ゆるい斜面は一面の雪で信州へはいったことがわかった。雪に埋まった冬の牧場はまことにわびしいものであった。

ここで輪かんをつけたのであるが、はき方を知っているわけでもなく、足から離れぬようにしっかりとしばりつけただけであった。

前へ出す足が片方の足へ引っかかって、輪かんで輪かんを踏みつけてしまった。とたんにわたしは雪の中へ転んでしまった。転んでみると雪は浅いので、雪の下のぐじゃぐじゃの土が手袋をきたなくよごしてしまった。楽しみにしてきた輪かんの味はいいものではなかった。信州側から村人が一人地下足袋姿で雪の中をすたすたと甲州側へと下って行った。

わたしの雪中登山

夜中ごろ炬燵《こたつ》の火が消えたのか冷たくなった。夜具が軽いのでさわってみたら、一枚しか着ていなかった。カーテンもないガラス戸のそとは、冷えきった大気の中に星だけがまたたいていた。

明日も上天気だ。

宵にどっさり入れてくれた炬燵は暖かかった。その暖かさで寝てくれとの考えだろうが、もう冷たくなるところをみれば、かまどの焚きおとしをどっさり入れたのであろう。

転々としながら、夜の明けるのを待つよりほかに手がなかった。

昨夜おかみさんが、独りしゃべりに、この部

屋からの眺めのよさを自慢ばなしした。夜景もよかった。それにもまして夜明けの眺めは静寂のうちに荘厳雄大、言語に絶するものがあった。

　いくぶん緑をふくんだ空は、ほのかに明るく澄みきっていた。雪をかむった八ガ岳連峰の峰々は、その頂上だけをちょっぴりと茜《あかね》色に染めていた。蓼科山、霧ガ峰、美ガ原のそれぞれもぞんぶんに雪をかむってしずまりかえっていた。

　霧ガ峰の広々とした雪面が幾段かになって見える。その中のどれかにN氏のヒュッテがあったのであろう。

　下方の雪面に点々と並んで見えるの

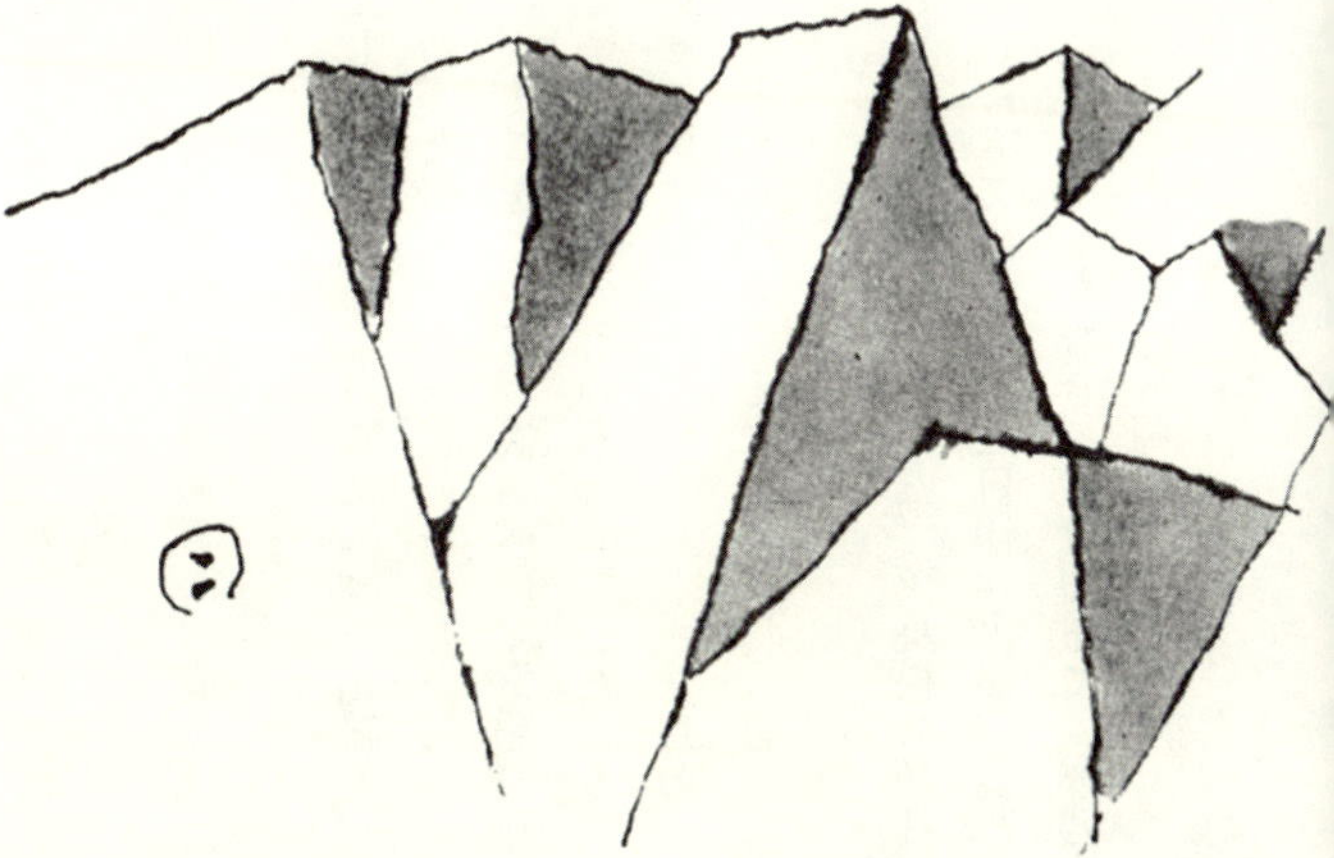

は開拓者の村落であろう。まるで豆つぶよりも小さく見えた。時々たつ雪煙りはその豆つぶをもみ消してしまった。

山麓一帯に灯を散らばしていた昨夜の村落は、皆目想像もつかぬ雲海の底に沈んでしまっていた。

ささやかな朝飯をそこそこにすましたわたしは、こちんこちんに凍った山靴を、わざと時間をかけてゆっくりとはいた。一度結んだ紐をまたほどいたりした。うしろの背のところに坐ったおかみさんは、そこを立って、帳場へ行く気配がないのである。釣銭をもらえるものと、それを待ちながらのろのろとしていたのも無駄であったと感づいた。はじめから気前を見せて勇ましく出かけたら、お愛想の一言を余分に聞かされたかもしれなかった。とうとう釣銭のことについては一言もおかみさんは口に出さなかった。

諏訪からの旧道と新道がいっしょになるところが杖突峠であった。落葉松の植林をすかして、右手の山の根方に戦時中はなやかにもてはやされた日輪兵舎が、哀れに屋根はかたむき、壁はおちて、無残な姿で建っていた。

大型の指導標は、ここから守屋山への登り口を教えていた。あたりは雪に埋もれていて、登り径《みち》は見当がつかなかった。わたしは雪の山腹へはい登った。登ってみたら、そこの雪面に一条の窪いところが、上に向かってたどっていた。夏道であろう。そしてその窪いところに犬の足跡が点々とついていた。犬でも雪の中を直線に歩かずに夏道のあとを歩くのだなと感心した。

蓼科山の西の窪みに、浅間山が真白な姿でのんびりと煙りをはいているのがよく見える尾根へ登りついた。汗をかいたので、手拭をさがしたがなかった。宿へ忘れてきたのである。手拭の

一本ぐらいなんでいいと力んでみたが、釣銭をもらいそこねた上に真新しいやつを忘れてくるとは、と思ってくやしかった。

八ガ岳も、蓼科山も、霧ガ峰も美ガ原も寒々と雪を輝かし、巍然《ぎぜん》として真一文字に並んでいた。

雪の中をさらさらと渓水が流れていた。その小さな流れの丸木橋を渡ると、そこは庭園のような広場であった。広場をスキーで横切った新しいあとがついていた。わたしの登る道は、そのスキーのあととわかれて、左手の落葉松林の中へはいって行った。雪の重みで首をたれた熊笹が雪道をふさいでいた。枝々から離れた雪片は、光を受けてきらめき輝いて林の中を舞い散っていた。

せまい渓谷の村落の軒先を窮屈そうに杖突街道が伊那の高遠へ延びている。その眺めが足下に見える突起へ登りついた。南アのそれぞれの山容も一つ一つ地図と見くらべないとわたしには見当がつかなかった。木曽駒のあたりはしぐれていた。

わたしは守屋山の頂上へ立ったものと早合点した。一杯やろうと思ってザックを下ろした。雪の上に坐りこむのもいやだし、三角点の標石に腰を下ろすつもりで、あたりを見廻したが、そんなものは影もなかった。それにしては少しごつごつして狭くるしい。ひょいと見上げると、西の方に丸味のある頂きがのぞいていた。とたんにザックを片づけて、また雪の中へはいって行った。

突然足下から何ものか、空中高くすっ飛んだ。兎だ。瞬間わたしの手から写生帳がパッと離れていた。力あまって、とたんに、わたしは雪の中へどたりと尻もちをついた。雪の上にひらりと落ちたものは写生帳であった。兎は目にもとまらぬ早業で、林の中を雲を霞と消えさった。

わたしはそっとあたりを見廻して起きあがり、腰をのばして雪をはたきおとした。拾いあげた写生帳をいたわるように抱えこんだわたしは、本当の守屋山の頂上をめがけて、また雪をこぎながら登って行った。

四国の高原大野ガ原

一四〇二メートルあまりの源氏ガ駄馬は、大野ガ原での一番の高い地点で、四国の島の西南の全部が見渡せはせぬかと思うほどであった。一昨日の朝発ってきたN君の村がどの辺だか、まるで茶碗をふせたような山また山で、見当がつきかねた。浅間山や八ガ岳の山麓のようなところだろうかと思っていたが、大野ガ原はゆるい起伏が伊予と土佐の両方へ目の届く限りひろがっている草原であった。

将来開墾地にしようとして、県が試験的に引揚者や、希望する青年を五、六人入れていた。その開墾小屋も、近くの竜王社も、窪地の草原の中にポツンポツンと建っていた。何々姫の哀しい伝説と竜の住むという小松池が、社の裏手にくっきりと見えていた。明治の頃、この草原が演習場であったころ、草原のまん中にあって、具合のわるい小松池を兵隊たちは埋めにかかったが、わずか四坪か六坪ほどの池がどうしたことか埋めつくすことができず、あきらめたといい伝えられている。演習場はやがて廃止されたというのである。第二次世界大戦では、軍馬の放牧場になり、敗戦後は引揚者や疎開者の安住の地になろうとしている。そうした伝説や歴史に思いをめぐらしているわたしのそばで、N君は油絵の写生に夢中であった。見れば狼ガ城、大川嶺、笠取山のまだ芽ぶかぬ草山の背後に残雪をかぶった石鎚山が、北の方はるかに青空に突き出た眺めの風景であった。

竜王社の風雨にさらされた拝殿の裏手、小松池のかたわらには移し植えたものか白樺の木が四、五本あった。放牧場時代の木柵が池をめぐっているあたり、大きな廃園といった感じであった。N君とわたしが池の水を汲んでは、晩飯の支度をしていたら、青年が飛んできて「池の中へ金物を入れると竜王さまの祟《たた》りがあるといわれているから金物を入れないで下さい」といった。わたしもN君もハンゴウをじゃぶんと入れたあとであった。青年が立ち去ってから「さあ今夜は大風、大雨、祟りがあるぞう」とわたしがいって二人で苦笑した。

その夜は開墾小屋に泊めてもらった。広くもない部屋に六人ほどで寝た。中央に行火《あんか》を置いて、枕が部屋の四隅へゆくように、放射状に夜具を並べたのにはひどく感心した。しめっぽくて垢《あか》くさい夜具の中で、もしかしたらお土産がつくかもしれないと思った。

わたしたちは朝はゆっくりと小屋を発って、小屋のうしろの山の背を登った。登りきって平坦な道を歩くようになるあたり、左手の林の中に破れ果てた大きな小屋があった。その前をサラサラときれいな水が流れている小溝を見つけると、一休みしようと二人は流れの岸へ降りて行った。N君が両方のポケットへ手を入れたり、ズボンをさすってみたりしているので「タバコならわしんのをのめ」とわたしはポケットへ手を入れた。右へも左へも、そしてズボンのポケットもさすってみた。わたしも「忘れた」、N君も「忘れた」、同

時にそういった。二人ともがっかりして、いま登ってきた小屋の方をふりかえってみた。「祟りだよ」とわたしはいった。二人はやむを得ず二、三日禁煙するほかはないとあきらめた。じっとしていたN君が、首筋へ手を入れてもそもそとしているので、わたしはハッと思った。夕べ夜具の中で気づかったことが、どうも実現したらしいと、わたしはN君の首のジャケツをめくってみた。そこには薄墨色に近い太々とした一匹の昆虫が、めくられたジャケツの編目をノソリノソリと這《は》い渡っていた。

ウドを食う

戦後間もないころ、春の展覧会に出品するため、四国からはるばる上京した。まだ復興せぬままの街を見て、焼けてもやっぱり東京だ、気持がいいとばかり、とうとう四十日もぶらついた。

四国から運びこんだ食糧も食ってしまった。闇米《やみごめ》を買おうにも金もなくなりかけていた。一刻も早く東京を引揚げねばならなくなってしまった。

東京は、はじめてのN君は、せっかくここまできたのだから、軽井沢や浅間山へ行きたいというので、信州から中央線で名古屋へ出て帰ることにした。N君もわたしも食うものといえば、土産にと買っていた芋飴が少しと、旅行者用の外食券をもっているだけで、外食券が唯一の命の綱であった。

夜明け前の軽井沢駅に降り立ったときは、空腹と寒さのためにわれしらず胴ぶる

いした。いつもなら落葉松の林の中に見えがくれする白樺や別荘のたたずまいに、夜明けのひと時を鳴きさわぐ山の鳥の声に気をとられて歩く道ではあるが、腹がすいているのでさっぱり興味がおこらなかった。峠町の茶店へ行けば何か食うものが

あるからとN君を力づけながら、私が先に立って歩くよりほかなかった。

峠町に登りついてみると起きたばかりの茶店は、どの店も何一つ食うものはなく、ガランとした店は食器ばかり並んでいた。それでも一軒の店に卵があるのを見つけたが、生卵で、その上予想以上に高いため、N君もわたしも、じっとその白い卵をにらんで店を出た。山肌からごうごうと湧き出ている碓氷川の源の水は冷たくて歯にしみた。それでも少しは腹のたしになろうかと、二人は無理に飲みこんだ。このあたり原生林の美しさも、N君の目にはうつらぬふうであった。

見晴台の眺めの雄大・荘厳さには、さすがに美術家であるN君は、しゃんと身体を立て直して、しばし無言でじっと食い入るように見入っていた。そして、あれが妙義これが浅間と、もう感歎の声をあげていたが、

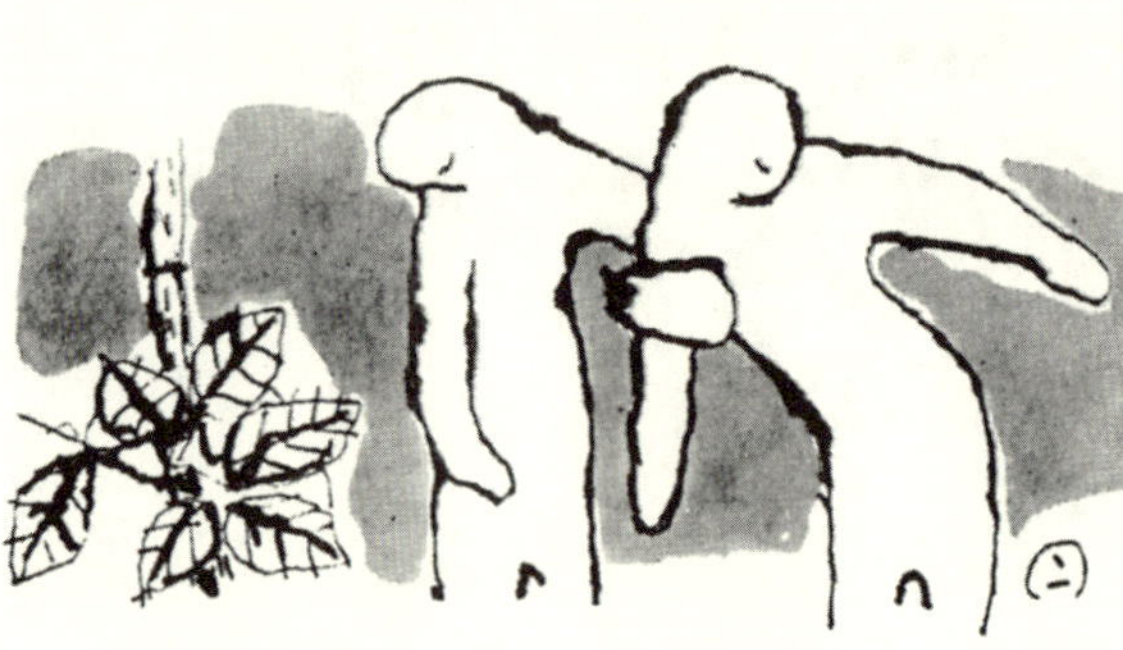

空腹にはがまんならんというふうに、よたよたとベンチに腰をおろした。火をふく山をはじめて見たその感激は、よほど大きかったし、ポケットから写生帳を取り出していた。土産にと思っていた芋飴はここでどうしても取り出して食わぬことには、二人ともこの先一歩も歩けそうになかった。

芋飴でも水よりはましで、ずっと腹に力がつき、気持もしゃんとしてきた。電車で北軽井沢へと行くことにした。北軽井沢の駅前の売店には何かあろうとわたしが考えたのであった。その売店も戦前

の人はもうおらず、若い妻君は昼飯はもうないが、晩飯なら注文で作るからというので、N君もわたしも生きかえったようにうれしかった。一人が二人前を食うことにして四人前を注文した。勇気づいた二人は、この勢いで、浅間山近くまで行ってみることにした。
　戦前はこのあたりは、まるで庭園内を歩いているような静かな林であり草原であったが、ほとんどの立ち木は切り払われてやせた畑

となっていた。

わたしの山歩きのはじめごろ、生きた山だとばかり、浅間は四季を通じて歩いたところで、この辺の道は歩きつくしていたが、その道はもう畑作りのためにすっかり荒されて、どこがどこやらわからなくなっていた。目前にぽっかりとそびえたつ浅間山だけが昔のままの姿で、白煙をゆうゆうと青空になびかせていた。

いつのまにかわたしたちは道をはずれて、まだ冬枯れのままの草原の中に迷いこんでいた。はからずもわたしはここで「ウド」の二、三寸ものびているのを見つけた。たんねんにそれを土を掘りとってみると、五、六寸の見事なものであった。もうこれ以上歩けぬから引返そうというN君に食ってみよと渡した。N君は苦笑して、これは食えるといった。自分でも掘りとっては食っていた。料理屋でちょっぴりと季節のものとして食わされる「ウド」は、また格別な風味であるが、いまの二人には、うまいなどという気持はさらに起らなかった。ほろにがい味以上に二人とも、もう気持がほろにがい味でいっぱいであった。ようやく茶店へ帰りつくと四人分の飯はもうできていて、あとまだ二人前も食えたらなあと思いながら、二人はかぶりつくようにしてそれを食った。

秩父の山小屋

三峰神社から太陽寺へ下る途中で日は暮れかけた。いつもなら水気もないような、からっと開けた谷間に、この季節のせいか、さらさらと水が流れていた。近くの細道を利用して天幕を張って野宿した。

疲れてはいるし、その上少しのアルコール分がきいて、その夜はぐっすり寝こんだ。夜中に一度目がさめた。次に目がさめたときは、真向いに見える昨日登った奥宮のある山に、朝日が暑苦しそうに照りつけていた。両神山あたりは朝靄《あさもや》につつまれて、何一つ見えなかった。

よく眠ったので、すがすがしい気分で、太陽寺へと下った。太陽寺は、まだ朝の気配の中に静まりかえっていた。杉や檜の植林の中の細道は、どこまでも山腹をたどっていて、眺めはきかず、がさつい道であった。お経平へ出たときは、わたしはほっとした。

見えるかぎり黒木に包まれた和名倉山は、巨大なつかみどころのない姿であった。

大洞《おおぼら》の谷は薄気味のわるいまでに深々と沈んで見えた。

人工を加えぬ幽林、その巨木の中にはいってしまえば、もう眺望はなく黙々と歩く足下に咲くマイズル草の群落や、ときたま見つけ出す、コイチヨウランのかれん

な花に、見上げる巨木の木肌の美しさに興味はつきなかった。新緑にまざっておそ咲きのツツジの花の鮮やかさは目のさめる思いであった。

白岩小屋の残骸のかたわらに立っていた男は、お茶でものんで行けというので、わたしはその男のあとについて行った。そこは急場しのぎに作った、やっと雨露

をしのぐ程度の掘立小屋であった。白岩小屋を再建するといって、いま五、六人が働いているのだとその男は小屋の説明をした。新しく建てる小屋は、部屋からでも日の出を眺めるようにすると力んでいた。

雲取小屋でいまさきまで働いていて、

これから三峰まで帰るのだという青年に会った。小屋はもう一足だと教えてくれた。丈の高い和服の着流しの男が出てきた。この山中で着流し姿は変なものに思われ

たが、これが腹をこわして、ぶらぶらしている小屋主のTさんであることをすぐに知った。
　うすぐらい土間で、モンペ姿で立ち働いていたおかみさんは、ねえさんかぶりの手拭をちょっと上にずらした。ちらっと見たその頭は黒髪ならぬ青坊主であった。友人から雲取山に寺が建ち、その坊さんがTさんのおかみさんだと聞かされたことを思い出した。
　二日前の新聞をわたしはもっていたが、Tさんは、その新聞を両手でひろげて声を出して読んだ。おかみさんは、晩めしの支度をしながらそれを聞いていた。ときどき読むのを止めて、時局評を独り言していた。その気魄《きはく》のある評を聞いていると、この人は単なる山の男ではなさそうであると思われた。

小屋は外観も立派だが、部屋も清潔であった。わたしは、わたしの大型の水筒を湯タンポにして寝についた。風雨の騒音にさめるともなく目がさめた。明日の天候を気にしながらも、また深い眠りに落ちこんだ。

伐採村を訪ねて

峠に立つと、背にしている宇和島湾の方から強い風が吹きあげていた。これから越そうとする向う側からは、草をなでつけるように霧を吹きあげていた。峠を越えてこちら側にはいろうとする霧をこちら側の風は追い返し、峠を境にして風と霧がもみあう有様は古画に描かれた竜虎の図そのままで、いまにも霧の裂け目から火を吐く竜の姿がちらっと見えはせぬかと思える眺めであった。

この小さな峠にも名はあることだろうが、指導標もなく知ることができなかった。左の草道は鬼ガ城山、右へ登れば権現山とわたしにはすぐに想像できた。

峠を越えてからは、上り下りのない山腹を霧の晴れ間に宇和海を見おろしながら歩いた。檜や杉の試験林もあって、よくゆきとどいた手入れがしてあった。林の中の道はひからびて明るく、国有林特有のしっとりとして深山の趣きは少しもしなかった。

二人の青年が草原に坐って弁当を食っていた。わたしが行こうとする土佐の黒尊

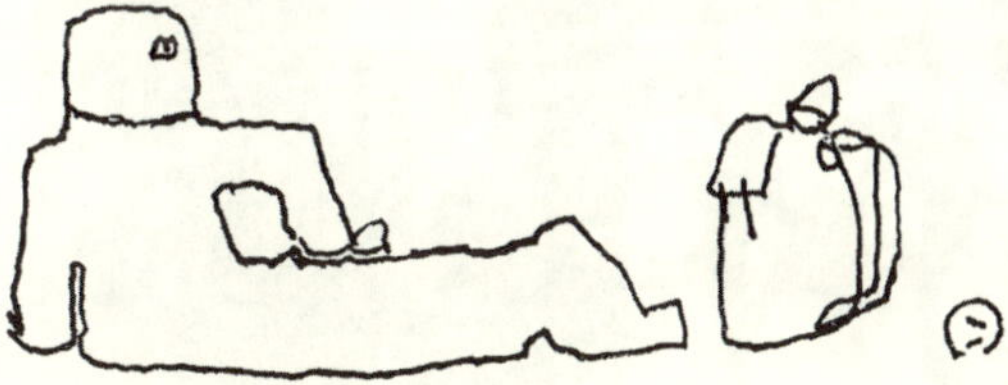

の伐採場で、働いている青年であることを知った。休暇をとって、ひと晩泊りの宇和島見物をして、いまここまで帰ったところだといった。街の賑やかさの興奮が、まださめきらぬというふうに二人は語り合っていた。
　今夜の宿を頼む家の人たちの名前を二人、三人教えてくれた。足の早い二人は、またたく間に向うの突起を越えて姿は見えなくなった。
　伊予と土佐の国境を過ぎると、あたりの山は何年か前に伐り払ったもので、そのあとには若木がのびやかに繁っていた。下れば黒尊川の源流で、伐採しているあたりは、目の届くかぎり黒々と繁った大

原始林で、さすがにわたしも深い山へはいったものだと眺めました。

伐採事務所をとり囲むように、山の部落は古びた姿でたてこんでいた。教えられた家は、その中ほどにあった。作業も終って主人も帰っていた。見たところ、そこは一室だけの家であった。宇和島から日用品を行商にきたという女がすでに泊っていたが、主人と話し合って別の家へその女は泊ることになった。

木材や薪炭を黒尊川にそって運び出すガソリンカーの運転を、

この家の主人はしていた。妻君は豆腐を作って山の人々に商っていた。この山の部落の人々は、この家のことを豆腐屋とも呼んでいるようであった。

部落の中央にある分教場に、にぶい光のランプがともり、騒がしく人々が動いていた。浪花節があるのだという。わたしにも行けとすすめてくれた。ここまではいってくる浪曲師、大体の想像はつくが見知らぬ旅の男を一人残して出かけられぬ、その家の人々の心情をわたしは考えねばならなかった。

二百人近くも住むという、伐採部落の人々がその狭い教室に重なり合って坐っていた。平常はこれといって楽しむことのない人々にとって、今宵《こよい》はまたとない、楽しいひとときであろう。だれかれとなく、晴れやかに雑談にうち興じていた。子供は人と人とを押し分けて、飛び歩いていた。開演となっても、なかなか場内は静まらず、人々は興奮している様子であった。

演ずるものも技倆は別として、しんみりと人情物など聞かされ、わたしもかたくなっていた気持をときほぐすことができた。番組の中にはさまれた小唄では、中年の女の曲ひきの三味線にどっと起った聴衆の拍手かっさいは、しばらくやもうとしなかった。中入の時間がきて、わたしの前に回ってきた器の中へ、わたしはあたりをはばかるように十銭玉をそっと入れた。

烏川源流を下る

これが十六曲峠かと思う間に、もう細道はうっとうしい木立ちの中を下っていた。急な斜面を幾重にも折り曲って下り、ズックの靴で、爪先をひどく詰めて、難儀をしながら、長い時間をかけて下った。

下りついた烏川の源流は、青空も見えぬほどの原生林で、繁り合った樹肌は、ときに白々としていて、深閑とした四辺は薄気味がわるかった。

源流といっても、ささやかな清水が、荒々しい小石の下をくぐり流れている程度であった。繁った樹の下の岩の肌には岩煙草《いわたばこ》が生々とついていて、紫の可憐な花が点々と咲いていた。

地上に細々と、流れが見られるようになると、渓も少しはひろまって、青空も眺められた。生い繁る雑草の草いきれで油汗がにじむ。四辺には午後の太陽が、せまい渓の正面に照り輝いていた。

大岩が行く手を塞《ふさ》いでいると、流れを渡るか、雑草を押し分け、木の枝にすがりなどして、山腹をたどらねばならなかった。そうしたことを、幾度となくくりかえしているうちに、わたしは左岸の山腹の細道にとりつくことを忘れていた。気のついたときは、もうすでにはるか下流に下っていた。見通しのきくあたりから、左岸の山腹を見上げても、道らしいものは見えなかった。その山道にはい登ることをあきらめたわたしは、流れに沿って下ることにした。ヒグラシの鳴き声にも、きわだつものがあった。午後の時間もよほど過ぎているのだなと思った。沼のような静かな流れもあって、きまって、そこの岸は砂地であった。ざっくざっくと歩く足も、もう一日の疲れでおもかった。その砂地の果てに、これまでにない大岩が流れを塞ぐように横たわっていて、流れの中へはいって対岸へ渡るか、大きく山腹を捲《ま》くかのほか、どうにも通りようのないことになった。この砂地へ天幕を張ろうかとも思ったが、まだ時間もあるので、下ることにした。

わたしは、気軽くとっさに流れの中へはいって行った。対岸には広々とした砂地があった。その砂地へ向かって流れの中ほどにきてみると、静かな流れのように見えていても、流れはかなり急だった。思いのほか深くて、腹のあたりへしみる水の冷たさにはぞっとした。このままで渡るのは無理だと気づいたときには、わたしの身体は重いザックとともに流れの中に横たおしになって、あれよあれよと流れていた。なにかにつかまろう、川床に足をつけようともがき力んでも、力の入れどころがなかった。ザックとわたしは先になり後にな

り流されて、やっととまったと思ったら、水面に出ている岩にぶつかっていた。わたしは、夢中でその岩にしがみついて、やっと川床に力いっぱい足をふみつけた。

　手の甲で顔の水気を払いながら、泳ぐようにして重いぬれねずみの身体を岸にもち上げてほっとした。ほっとした気持で、ふりかえって見ると、そこは渡ろうとした対岸の砂地ではなく、いましがたまでいた、大岩のはるかの下手《しもて》の岸の上であった。とっさのできごとに、身も心も疲れ果てていたことに気がついた。疲れた気持には、自分をあざ笑う力もなくなっていた。「どうにでもなれ」というかすかな気持が感じられて、わたしははっとした。はるかの山の背はまだ明るく陽が照っていたが、渓の流れのあちこちには、ほのかに夕靄がたちこめはじめていた。

峠への道

烏川へ落ちこんでいる小さな沢沿いの道を登って、一四一一メートルの記号のある峠を越すことにした。沢の左側を登る道は、よく踏まれていた。道は急坂であったが、おおいかぶさる青葉の下に、さらさらと沢水が流れていて、涼しい風が吹き上げていた。

沢がつきて、山腹に突きあたると、そこは近年に伐採したあとで一面に枯枝が散らかっていた。道もそこから、踏跡程度ののが幾条《いくすじ》にも分かれていて、どれを登っていいものか、わからなくなった。そこでわたしは、どの道も登らずに、畝《うね》のように積み重なった枯枝の中を登ることにした。枯枝はもう朽ちていて踏めば折れるし、つかめばするっと抜けて、幾度も枯枝の深みへ落ちこんだ。やっと痩《やせ》尾根へとりついたときは、汗でぐっしょりぬれていた。顔も手も出ているところは、ひっかいていて、汗がにじんでひりひりといたんだ。尾根には雑草にまざってヤマシャジンや育ちかねたようなホタルブクロも咲いていた。浅間隠《あさまかくし》が手のとどくようなところに眺められた。さきほどからいまにくるかと思われた夕立がたたきつけるような勢いでやってきて、四辺の景色は一瞬にかき消された。

とっさに、ザックからとりだして被《かぶ》ったシートも間にあわず、さんざん雨にたたかれた。ゆるやかな、いくつかの背稜を曲り曲って雨の中を峠へ急いだ。雨にゆれる小形の山百合の花が、草原に点々と見られた。

峠に立ったときは、すでに雨はやんでいたが、霧が立ちこめていて皆目方角がわからなかった。歩いたあとだけ道が窪み、窪みに、白樺の小苗が目についた。四辺にはさえぎるものもない草原の峠であった。踏跡をたどる程度のものであるが、左へ鼻曲、右へ浅間隠と、そこは十字路になっていた。

浅間山を見ようと思って、霧の晴れるのを待った。動かぬようでも、霧は徐々に流れて茫漠とした浅間高原がそこに現われた。やがて浅間山も出てくるぞとわたしは瞳をこらして待った。だんだん霧が流れ去って出てきたものは、高原の彼方に遠くかすむ山脈で、その麓にぽっかりと湖が光っていた。瞬間、わたしは浅間山がなくなったかなと思った。わたしは、方角をちがえて浅間山の出るのを待っていたのだと気づいて、首を左へまげた。なんと、そこには大空を塞ぐような、でっかい丸坊主が、頭から白煙をゆるくはき出してどっかと坐っていた。あまりの間近さにわたしは度胆をぬかれた形で、おお、浅間山と思うとたんに後《うしろ》のぬれた草原に両手をついてのけぞった。

念仏を唱える

茫漠《ぼうばく》とした高原に、どっかと坐った浅間の山をあかず眺めていて、ときのたつのを忘れていた。浅間山の左肩に長々と裾をひいた彼方の雲海が色づき、その中で、真赤な太陽がくるくると輝いていた。家を出てから二日目、今日もまた日が暮れた。

峠の草原に天幕を張った。大形の水筒の水は、飯を焚き、湯をわかすのにやっとであった。わたしの山の食い物はしごく簡単であって、それに満足している。豪華な食糧を山上へまで運びあげるほどの経済的な余裕もないが、そうした好みもない。有合せのもので、間に合う登山である。だが、いつもアルコール分だけはなんとし

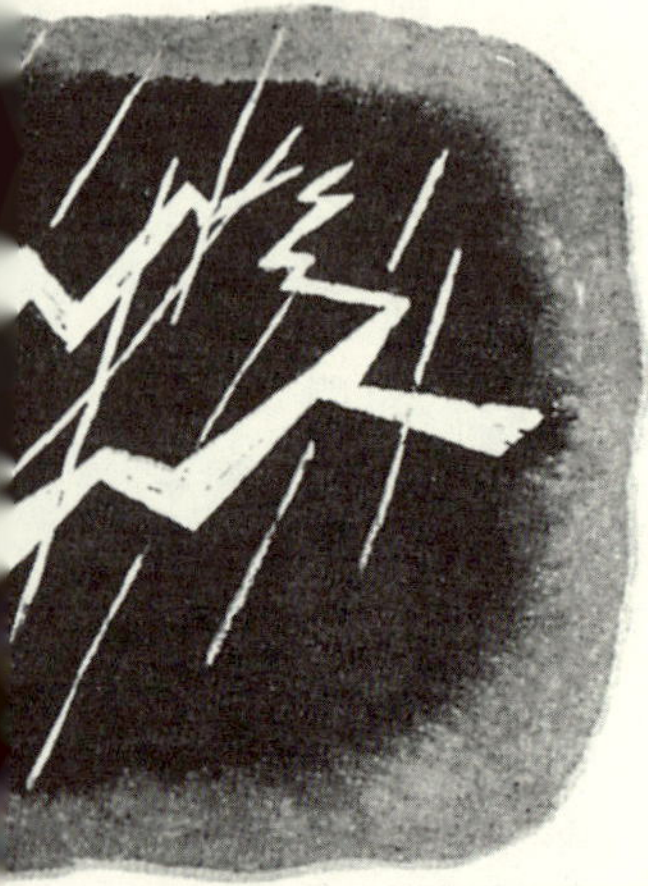

ても間に合わせたい。心ある人の笑い者になるかもしれぬ。
少しのアルコールで、わたしはすっかりいい気分になり、毛布を被ると同時に寝こんでしまったらしい。何時頃だろうか、地響きのような不気味なうなりを夢心地にきいて目がさめた。なんだろう、耳をすましてきいていると、そのうなりはだんだん近づいてくる様子である。そのうなりにまざって、ひどく勢いのいいざわめきも聞えてくる。一大豪雨が襲ってくるのだとわかった。とやこう考えているひ

まもない、とたんに真昼間のような稲妻が、天幕の中を、さっと明るくした。わたしはとっさに毛布をはねのけて飛び起きた。天地も裂け、天幕もすっ飛んでしまったかと思われる大雷鳴に、わたしは思わず身を伏せた。

じっと耳をすますと、豪雨の足音が山腹に反響して、不気味な響きとなっているのに気づいた。小石を打ちつけるような烈しさで、雨足は天幕をばたばたと波打たせた。天幕の中へも、霧雨を打ちこんできた。稲妻が、雷鳴が、豪雨が、さんざんにわたしの天幕を襲った。人里離れた峠の一角で、こんな目に合おうとは夢にも思わなかった。

身を護《まも》るものといえば、身一つを入れるに足るただ一つの天幕の中で、文字通り身心ともに窮したというのか、気のついたときは、思わず両の手を合せて「なんまいだ」と念仏を口ずさんでいた。

満洲回想

紅葉の明るい山また山を、列車は延々と登った。省境の駅、高嶺子を過ぎると牡丹江省へと一気に降り、横道河子についた。

柳樹と白樺の林の中に、赤レンガの建物が美しく眺められる山間の小都であった。城塞のような大きな駅は正面の玄関入口も窓もない建てかたで、当時出没のはげしかった馬賊の襲撃を防ぐためだと、案内の人は話してくれた。駅のイス、テーブルなど帝政ロシヤ時代そのままのものを使っていて、わたしには珍しかった。

小さな峠を越して伐採事業所のある村へも行った。そこには日、露、満の人々が働いていた。土産物の白樺細工なども作っていたが、日本人の指導によるもので、日本化されていて、大陸的な特色のないものになっていた。

横道河子のつぎの駅、そのつぎに、アシの繁る茫漠とした原野の中にぽつんと建つ信号所、「柳樹」に列車はとまった。下車する人はほとんどなく、案内の人とわたしの二人ぐらいであった。

あたりには民家もなく、湿地の所々に柳の大木が立っていた。湿地帯や樹木もない丘陵の間の悪路を伝って、奥深く進むと高原状に開けた草原に、点々と建ち並ぶロマノフカ村が見えてきた。

村に近づくと、すでに収穫のすんだ畑の中で道は消えてしまった。畑の中を進むと小さな流れの小川の岸に出た。対岸にはブタが青草を求めて歩きまわっていた。わたしたち二人の姿を遠くから見つめていたらしい白系露人の少年少女が、一散に小川の岸へ駈け下ってきた。案内をしてくれる人は露語

の通訳でもあるので、なにか大声でわめくと、対岸の子供はそれに答えるふうに手を振って合図した。渡り場を教えてくれたものであった。

対岸に渡りつくと、子供たちはこの寒空にほとんどの者が靴もはかずはだしであった。古毛布で作ったルパシカは、手製のもので、襟と胸には色とりどりの刺繡《ししゅう》がしてあり、それを着ている男の子は、あどけなく可愛かった。女の子は帝政時代そのままの服装で、地を引くほどにながい裾《すそ》の服を着て、エプロンの長いのをつけていた。西洋人形を見るようであった。

わたしは、土産にもってきた飴菓子をとりだして子供らの前にさし出した。

安住の地を求めて赤露を逃げ出し、この原野にロマノフカ村を打ち立てた、ここの村人の生活もけっして豊かではないと思われた。丸太を組んで建てた山小屋ふうな民家の建ち並ぶ丘の上へわたしたちは暗い気持で登って行った。

阿蘇山

坊中の駅前の宿の二階から見ると、頂上には浅い雪が積っていると思われた。たんたんとした道路を右に左にまわりくねって、バスは徐々に山上へ進んだ。自分のいる窓から噴煙が見えていたと思うと、阿蘇のぼう大な陥没地帯にひろがる村落が見おろせ、それを取巻く旧火口壁が延々と連なり、その眺めは思わず息をのむ思い

のものであった。

山上の神社や堂宇《どうう》のあるところが終点であった。わたしの登山姿がはずかしいほど、阿蘇の火口見物は一般的なもので、ハイヒールの娘さん、下駄ばきの若い和服の妻君などが、ぞろぞろと火口へ向かって熔岩の道を登っていた。

山上はどこを見ても、雪らしいものが見当らず、茶店の売子の娘に、雪が降ったかときくと、まだなかなか雪は降らんといって、にこりと笑った。売店の近くの枯草の根元に火山灰であるか、小砂利であるか、風で吹き寄せられて赤土の肌をかくしていた。それが山麓から眺めると、白々としていて、わたしは雪と思いこんだことに気づいた。

火口壁に立つと、すばらしい展望であった。火口壁を二人の男が、採集した硫黄をかつぎあげていた。その背後にはもうもうと噴煙が渦をまき、ぷーんと硫黄の香が鼻をついた。噴煙をすかして見ると、火口底には砂地の広々としたところがあって、そこでは野球もできるなと思った。

火口壁一帯は強い風が吹きまくり、ほとんどの登山者は、いま登ったバスでおりるので、あたりには人影もまばらになった。噴煙の彼方には、阿蘇の最高峰高岳がきっと立っていた。

わたしはその方へ行こうと火口壁を伝っていると、強い突風が巻きおこり、わたしの身体をもちあげるかに思われた。乱れるオーバーの裾をおさえたが間に合わず、ポケットの中から一葉の阿蘇の地図が舞いあがり、見る間に火口の噴煙の中へ飛びこんでしまった。それは一瞬のできごとであった。それにおじけづいたわたしは、高岳へ向かうのを断念して、強風の火口壁をはうようにして茶店へ下った。

池の平小屋へ

対岸の雪渓べりに、湯煙りが勢いよく上っていた。仙人の湯だろうと、だれいうとなくそう決めてしまった。

草地に道があるかと思うと、また雪渓の上を歩いた。年輩の男が一人、道を修理していた。灌木にまざって、ベニバナイチゴの花が点々と咲いていた。

樋底《といぞこ》のような幅狭い雪渓が、一直線に上へ上へと延びていて、その雪渓を何やら引きずるようにして、走り下ってくる二人の男があった。登って行くわたしたちと、すれちがうときに問うと、池の平からモリブデンをおろしているのだといった。

雪渓へかかろうとするところに、荒縄のついたト

タン板で作った橇《そり》のようなものが、三つ四つおいてあったが、やっとその用途がわかった。

幅狭い雪渓を登るときは、小きざみに電光形で登り、橇を引きおろすときは、一直線に滑りおりるものとみえて、そのありさまが雪渓の上に、真新しく残されていた。

雪渓のへりの草地には、まだ雑草の芽は延びておらず、雪どけ直後の地面には、枯れ葉がきたなくへばりついていた。その枯れ葉を押しのけて、キヌガサソウが一面に芽を出し、もうすでに花をつけているものもあった。雪の薄いところを突き破って、その芽を出しているのもあり、わたしは季節に敏感な、このキヌガサソウの生活力のたくましさに、すっかり驚いた。

シラネアオイの一群が、紫の色も鮮やかに美しく

咲いていた。山草の中でもシラネアオイはわたしの好きな花の一つで、自分でも鉢で養って花を咲かせたことがあった。青草の中にトガクシショウマの大群落を見つけて、わたしはわざわざ雪渓を離れて見に行った。

連れの人々は、もうすでに雪渓を登りつめて、はるか上方の草地に、腰をおろしてわたしの登りつくのを待っていた。登りついたところは、少しではあるが高原状になっていて、シャクナゲ科の小灌木でおおわれていた。

そこに立つと、深い谷をへだてて正面には、魁偉《かいい》な山容の剣が、残雪を散らしてぐっと迫るように眺められた。おそらく、だれもが息をのんで眺める山容であろう。繁みの中へ画架をたてて、三十号ほどのカンバスに、その魁偉な姿の剣を、一心に描きこんでいる人がいた。近づいて池の平の小屋をきくと、その人は、もうすぐだ、とふりむきもせずおしえてくれた。そこへまた、絵具箱を肩にして、カンバスをさげた人が一人、灌木の中から突然現われた。坐って描いている人と、ささやきあっていたと思ったら、灌木の中の細道をすたすたと下って行って、見えなくなった。下って行った方を見おろすと、そこの草地に水が光っていた。それが仙人池であった。仙人池の畔《ほと》りには、天幕が二張見えて、その周囲には、五、六人の登山者

が動いていた。
　行くての丸味のある草山を登ると道は剣側の深い谷に下った。わたしたちは、あっという間に、仙人峠を越していた。
　仙人山の西側の山腹を捲くようにゆるく道は下っていた。はるかの鞍部に、池の平小屋が、地面にへばりついたようにかたまり建っているのが眺められた。少しばかりの残雪をよぎると、道に沿って、トタンのパイプが小屋の方へ向かって引いてあり、その中を流れる水音がさらさらと耳についた。南と北の雪渓が同時に見おろせる、狭い馬の背のような平地を利用して、小屋は積石に囲まれ、その中に建っていた。

モリブデンの採掘夫たちにまじって娘たちも数名いた。作業の終ったその人たちは、仕事着を寝巻に着替えて食堂へ集まって夕食の最中であった。何十人かの人々の住む小屋であるから、他の山小屋とは、また変ったものが感じられた。

逞《たくま》しい容貌の荒くれた男たちにそれとなく艶っぽくからかわれている娘たちもなんとなく楽しそうで明るかった。その娘たちのだれもが、美人に見えてわたしもまた楽しかった。その娘たちは、採掘する現場から、小屋まで礦《こう》石《せき》を背負い運ぶのだときかされた。

飯場には、炊事係の女が三人もいて、立ち働いていた。すべてが大がかりな炊事であるから、飯も汁も、その出来工合がよく、テーブルに置かれた飯びつや汁鍋から自分勝手に食器へ盛って食うのだから、その味はなおさらよかった。山小屋でこんなふうな待遇と味のいい食事をしたことははじめてであった。

ジンジンとやかんの湯がたぎるころ、O女史が持参の玉露を有合せの器で、「お手前」を見せてくれ、だれもが、まだ甘いものをもっているので、それを出し合って、みなは無上によろこんだ。

仙人峠で会った画人も、いろりのそばにいざりよって暖をとっていたが、ひどく無口な人たちでだれとも話し合わなかった。写生中のカンバスの他に二百号大とも思える未完成のカンバスが、小屋の板壁に立てかけてあるところから考えると、もう幾日も小屋泊りをしているものと思えた。

大型のカンバスで現地写生することは、それはそれとして意義がないとは思わぬが、現地写生がかならずしも、すぐれた芸術作品になるものとは思わない。それは多くの場合、労多くしてうるところ少ない結果になることを知っている。さて、寝る段になると夜具が足らんという。五人に二枚割当でもなお足らんといって、親方が毛布をもってはいってきた。

わたし自身は少しも知らないが、大いびきをかき、歯ぎしりもするといって、いつも家族の者から文句をいわれているので、ざこ寝をして、それをやっては、少々はずかしいと思っていると、なかなか寝つかれなかった。

そのうちに、さあ、どうであろう。あちらでゴウゴウ、こちらでキチキチと、またどこかで、ふわふわと寝言まできこえる。まるで百鬼夜行の声の様相に、わたしはすっかりざこ寝の親しさをおぼえ、安心して、それからまもなく寝こんでしまった。

雨の鳩待峠

六月十七日

雨はさかんに降っていた。出発の仕度もできて、山の鼻小屋の庭先に、勢ぞろいをした人々の姿を見て、あやうくわたしは吹き出しそうになった。ザックをビニールの風呂敷にくるんで紐《ひも》をかけ、背負った婦人の姿は、子守女であり、大幅のビニールでザックもろともからだをつつんだ人は、山芋のお化けのようであった。雨仕度では、みんなひと苦心のあとが見えて異彩を放っていた。世話役のS氏が、人数を調べるといって、一人ずつ番号を叫ばせて雨の中へ歩き出した。わたしは戦時中の隣組を思い出した。

至仏《しぶつ》も、景鶴《けいづる》も、雨にけむって頂上は眺められなかった。峠路の谷合から流れ出る川上川には、丸太の一本橋がかかっていた。皆の者が渡り終るのをわたしは川原に立って待った。ゆらゆらゆらと揺れる丸太を、調子をとって上手に渡る娘さんもいた。杖をもてあますようにもって、あぶなげに渡っていた娘さんは、丸太の中ほどでとうとう四つんばいになった。

渡り終って向う岸を杖をついてしずしずと歩くその姿は、足の運びといい、腰つきといい、時代劇に出てくる女人の道中姿そっくりで、わたしは思わず微笑した。

渡り終ってふりかえると、後に続いていたH堂主人らの岩魚釣りの組は、急に背を向けて、いまきた道を下流へと姿を消した。あんなに釣っていて、まだ釣りたらんのだなと話し合った。

大樹が繁る林の中の下草にまざって、シラネアオイの花が雨に打たれて痛んでいた。雑木の林につつまれ

て、流れの見えぬ川上川を右に見おろして、道はゆるく峠へと登っていた。

若い元気な連中は、足下を泥んこにして、篠つく雨の中を登った。世話役のS氏が「元気なものですな」と、わたしをほめた。わたしは「まだ若いもんに負けんよ」といって、ちょっと照れた。しかし、気ばかり元気でも齢には勝てず、足下が承知しなかった。とたんにわたしは横滑りした。後の方から、くすくすと笑う声がきこえた。

峠の上は明るかった。菖蒲平《しょうぶだいら》へ通じると思える踏跡は、深々と繁るくま笹で消えそうになっていた。雨は音をたててくま笹に降りつけていた。くま笹の中に立つ指導標は、尾瀬ガ原へ、また戸倉への里程を示していた。地勢からいっても、眺望はきかぬらしいが、ことに大雨の中では、近くの山肌さえも見えなかった。腰をおろして休むこともできず、立ったまま一服している人もいた。K女史の傘の中でS氏は、菖蒲平の方角へ向けたカメラを一心にのぞいていた。

尻焼温泉回想

花敷《はなしき》や尻焼《しりやき》という地名に心ひかれて、真夏の暑い日に、野反《のぞり》池からの帰り途、花敷へ下ったり、新緑にまだ早いころ、わざわざ行ったこともあったり、そのときどきのことを思い浮べて、わたしは一人、黙々と田代原の小径を歩いた。

草津から湯場にたどりつくまでの風物にも、また心ひかれるものがあった。たいして上り下りのない林道の途中は、原生林をくぐり、明るい灌木帯をよぎった。橋を渡りながら、深い谷の暗さに胆を冷やしたり、あせらず急がず、ゆったりした気持で歩くには最適の道であった。ことに田代原の季節の様相には淋しさがあり、せつなく、やるせないものがあって、まだ若かったそのころのわたしは、原の小径をたどりながら、なんとはなしに、そっと溜息をもらしたものであった。

田代原も終って、原生林帯にはいろうとするところで、花敷と品木の村を結ぶ、よく歩かれた道に出た。そこで道は、長笹沢の流れの谷へ向かって、急に電光

形に下って行った。日蔭になった原生林の中は肌寒く、枝葉をすかして、花敷の村が眺められた。

急な道を降りきると、そこは対岸の花敷へ渡る吊橋の袂《たもと》で、その橋の下の流れの中に、石を囲んで花敷の湯はたたえられ、湯気がたちのぼっていた。

橋を渡って、ずっと向うに湯宿があるのだが、わたしは内湯のある尻焼温泉へと橋を渡らずに流れに沿って上流へと歩いた。

前にきたときは、一歩踏みはずせば、激流の中へまっさかさまに転落しそうな悪い道であったが、道幅も広く平坦な林道がつけられていた。対岸のそそりたつ山肌は、一面の紅葉で、流れは岩をかんで、しぶきをあげていた。

そそりたつ対岸の山の上から、子供のわめく声がきこえた。花敷から山の中腹を根広、長平、そしてこの

あたりでの最奥の村、小倉へ通じる道を帰って行く学童ででもあろうかと、首をのばして見上げたが、その姿は見えなかった。

橋の袂から湯宿へは、四、五丁もあろうか、対岸の突き出た山鼻をめぐると、そこに錦繡《きんしゅう》織りなす林の裾を流れる岸の上に、湯煙りのたつ湯宿が見えてきた。

摺鉢《すりばち》の底のようなせまい地面に、湯宿のほか、営林署の官舎、近くでダムに引く水路の工事をしている労働者の小屋などが重なり合って建っていた。

前にきたときは、暗いランプの下で夕飯を食ったが、家々に電燈もひかれていた。湯宿のあたりにも幾分俗気のただよう気配の中に、都会的な活気も感じられ、わたしはその変りように驚いた。

前のときは、若い夫婦がいそいそと立ち働いていた。ことに若い妻君は美しかった。その若い妻君が、ニコニコと応対に出迎えてくれるものと思っていたら、迎えてくれた人は、腰のまがった老婆であった。部屋へ案内してくれた人は、老主人で

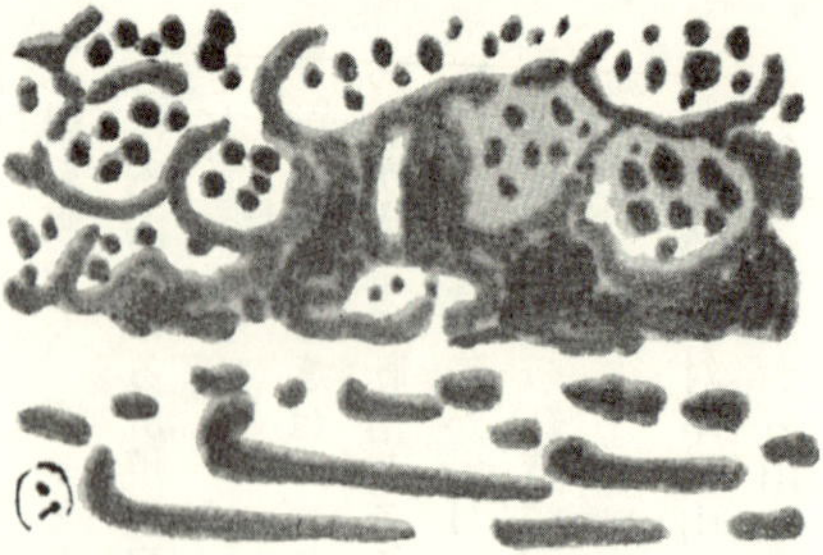

あった。部屋にはいって坐りこんだが、なんとなく淋しかった。

　だだっ広い風呂場は森閑としていて、透明な湯は浴槽からみちあふれていた。湯口からは熱い湯が豊富に流れ出ていて、急に身を沈められぬ熱さであった。この熱さから尻焼の名が出たとか、きたない名前だから新花敷ともいうのであるとか、やはり尻焼というのが世間に通っているとか、その夜老人が語った。

　そっと湯に身を沈めて、ガラス戸越しに見上げる対岸の紅葉の山肌には、夕陽が照り映えて、ひときわ紅葉の美しさを増していた。窓下に、瀬音をたてた流れがあった。わたしは湯にひたりながら、あすの道順を考えた。

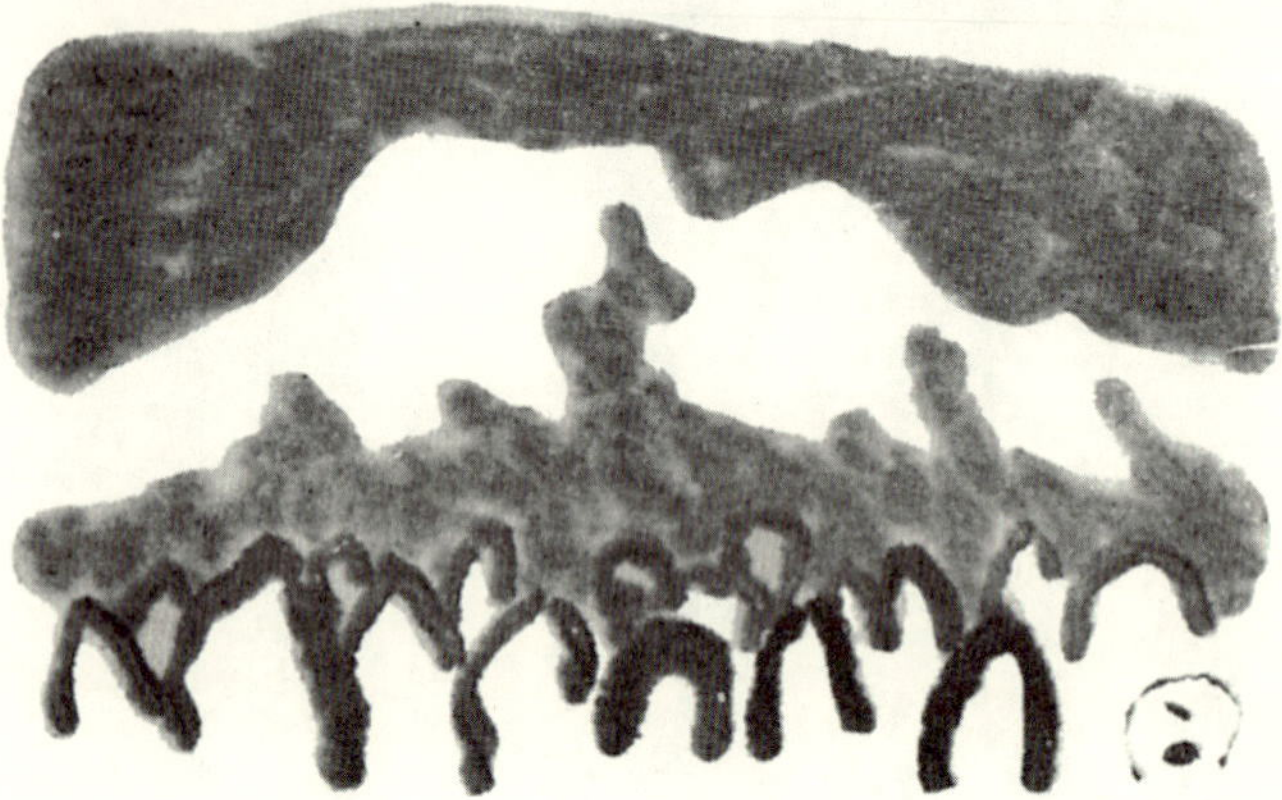

石鎚山表道

急な斜面の日当りのいい地勢を利用して、開墾した畑はきちんとよく手入れが行きとどいていて、その畑のあちこちの隅には黒河部落の民家が、点々と立っていた。石鎚山の裾で、正面の登山口の一つに当っているので、毎年七月のお山開きの季節には、昼夜の別なく数千の白衣の信仰登山者が、毎日殺到して、民家全部がその期間だけ宿屋になるのである。繁昌する家などは、一年のこづかい銭をお山開きの期間中に稼ぐなどともきいていた。どの家も山家《やまが》には似合わぬ大柄な建てかたで、また裕福そうに見えた。山仕事に出ているのか、どの家も物音一つせず、森閑として静まりかえっていた。

ふりかえって見おろすと、瓶《かめ》ガ森《もり》山や石鎚山塊の谷々の水をかき集めて流れる加茂川は、深い渓谷になっているので、流れは見えぬが、対岸は、切りたった断崖である。いまにも散りそうな紅葉が点々と断崖にへばりついていて、郷愁に似たせつなさをかきたたせるような眺めであった。

森閑とした民家の庭先で、子供が遊んでいた。「お山へはもう二度雪

が降った」と話してくれた。村里の雑貨屋で買入れた富有柿《ふゆうがき》をザックから取り出して食った。畑の隅に美しく色づいた柿の実った大樹があった。子供にあれを取って食わないかといったら、渋柿だといったので、わたしは子供にもザックから富有柿を取り出してやった。

石鎚山は加茂川に沿って、坦々《たんたん》とした道をバスで河口部落まで走り、そこから、黒河道をたどっても、ほとんど標高全部を直登するような地形である。そこが、またこの山の特徴でもあるが、もうわたしには、なかなか骨の折れる山であるなと思った。

黒河の部落を離れると、谷間の道を登るので、見通しは一切きかなかった。しかし、暖地特有の樹相は興味があって、春秋のころは、目を楽しませてくれることだろうと思ったが、すでに、紅葉をふるい落した木立ちは、うらぶれた淋しさであった。

流れのそばの行者堂の建物を過ぎると、いよいよ急な道で、わたしは上着をぬぎ、汗にまみれてあえぎ登った。やっと、急な道を登りきると、そこに老杉にかこまれた成就社の社屋と夏山の宿屋が数軒、雨戸を閉めて建っていた。雪に埋まった冬も、成就社には番人が住まっていて、その人が、十一月いっぱいは宿屋の方もあけているという一軒があった。人の気配に気づいてか、宿の暗い土間からのっそりと主人が現われた。その夜は、久しぶりにお湯にはいることができた。北海道からはるばると、四国遍路にきたという青年も、わざわざ石鎚山の頂上へ登ったといって泊っていた。より道をして登る四国遍路にかぎって、無料で泊めることが、この宿屋のならわしだそうで、その青年も大変よろこんでいた。

里で買入れた焼酎を出しても、主人は一滴もいけぬというし、四国遍路の青年も手を出そうとはせず、一人ぽつんと味気ない気持で、その焼酎を飲んだが、ひどくまずかった。炭火を囲んで、主人は、お山に伝わる物語や遭難の話をおもしろおかしく語ってくれた。その話しっぷりは、語れば語るほど興がわき、ときには渦中の人物になりきっているというおかしな話しっぷりでもあった。

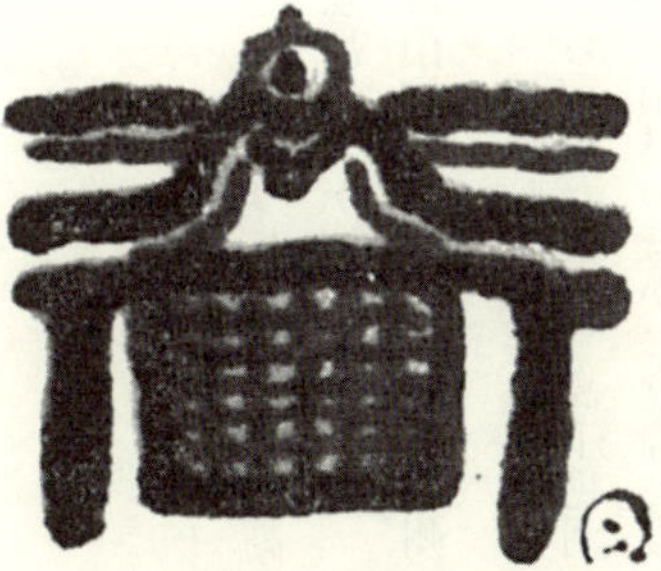

高千穂河原

十一月も終りのころであった。伊予に住む画家のN君といっしょに、霧島山を高千穂から韓国岳《からくに》へ越え、海老野高原に出て、そこの野天風呂につかって下山した。縦走中登山者には一人も会わぬ静かな山旅であった。この山旅の日程や順路は九州のH氏が作ってくれた。

前夜、霧島神宮前の安宿についた。朝はおそくなってから宿をたった。高千穂河原に登りついたのは十二時前であった。N君もわたしも写生用具のほかに食糧と寝具で、ザックははち切れそうにふくらんで重かった。登山に慣れぬN君には苦しい登りであったが、体質のせいでか汗をかかぬ。わたしはまたほんの少しの登り道でさえ汗をかく体質で、このときも水を浴びたような大汗であった。

登り道の原始林帯を抜けきると、そこは明るい枯草の原で午前の陽がまぶしく照りつけていた。見ると向うにかたむいた屋根が眺められた。高千穂河原の山小屋である。

小屋の近くのせまい野菜畑で、一人の老人がせっせと大根をぬいていた。わたしがあいさつをしたら、いまどき何事でと話しかけてきた。山へ遊びにきたので今夜宿をたのみますよというと、さあさあどうぞといって、山登りはいまが一番いいときだともいった。

初冬の陽は河原の小石に照りつけていたが、汗にぬれた肌着は冷たくて、わたしは身ぶるいをするほどであった。河原といっても流れがあるのではなく、そこは高千穂のお鉢と中岳から出張った山腹との鞍部で、大小の岩石が積み重なっていて、そこだけがちょうど河床のようになっていた。

見上げるとお鉢から流れ出た熔岩の山肌は、赤黒黄の色合が美しい、というよりは、無気味なといった方が適当な言葉の眺めであった。河原には育ちのわるい赤松が一面に生えていた。ここからはお鉢の山腹にさえぎられて高千穂の峰は見えないが、赤松林の奥まったところに、自然石を積んで作った正方形の広場の遙拝所があった。風雨にさらされた、くちかけた木の鳥居が、白々とした色になって建っていた。

窓のようになった鞍部の向うに青空が見えて、白骨樹が針のようにとげとげしく

青空へ突き出ていた。荒涼としたあたりの景観に見いっていると、神話の中へ自分が身をおいているような錯覚に落ち入りそうであった。

　高千穂河原の小屋の隣りに県営小屋が建っていた。近代風な二階建ての気のきいたものであったが、無人の小屋で、先年の台風で屋根も痛んでいて雨もりもはげしいと老人がいった。

　老人の小屋は薄ぎたないものであったが、常住の小屋だから、なんとなく暖か味を感じた。薄暗い奥まった老人の部屋には、一抱えもありそうな丸太をくべて、いろりに湯がたぎっていた。わたしたちは、老人をまじえて昼飯を

食った。これから先々が大事なものであったが、N君のもってきた焼酎を少しずつ飲んだ。老人はこんなきついのは久しぶりだといってよろこんだ。
一人暮しの老人の部屋には、万年床が敷いてあった。わたしたちの泊る部屋は入口もちがう別室で、そうした部屋が、もう一間作ってあると老人はいった。このごろは女との二人連れの登山者が多いので、そうした人たちのそばへ老人が寝ては可哀想だから作ったのだと、少し酔いのまわった口調で人のいい笑いを浮べながら粋なことをいった。

兎を拾った話

わたしの前を登っていたN君が、突然、「兎だ」とさけんだと思ったら、もう一匹の兎をつまみあげて、わたしの鼻先でぶらぶらさせて見せた。見ると、兎の首には、針金が巻きつき、毛並は霜で凍り、からだはぴいんとのびていた。

わたしたちは、前の日もこの道を登り、高千穂の峰が、真正面に見上げられるお鉢の火口べりに立って、夕方下ったのであるが、兎は見当らなかったのであるから、おそらく昨夜のうちに、罠をくいちぎってのがれ、小径へ飛び出して、力が尽き、こと切れたものと思われた。

晩の肴ができたとN君はよろこん

だ。
下るときに、さげて帰ることにして、灌木の中へかくした。近くの木の枝に目標を作って、ふたたびお鉢へ向かって登った。
夕方、兎をぶらさげて、小屋へ帰ると、けげんな顔つきで、いいものをもってきたと、小屋の老人は、しげしげと兎に見いって、わたしたちを迎えた。
途中の径で拾ったわけを話して料理をたのんだ。おそらく老人は、自分の仕掛けておいた罠にかかった兎だくらいのことは百も承知だろうと思うと、わたしはなんだか、くすぐったい思いであった。

立木につるされた兎は、見るまに、くるりと丸はぎにされ、紅色を帯びた肉のかたまりになってだらりとぶらさがった。そこで、老人は手を休め、何をするかと見ていると、立木の根元に立小便をした。そのしぶきの四散するのが、なんとなくあたりを不潔な感じにした。老人は手を洗いもせず、ふたたびその手で料理をはじめた。わたしはもうげっそりした。

ジャガイモに味噌をぶちこんだ兎汁で、老人をまじえて三人は、車座になり、焼酎を飲みながら（わたしは、老人の立小便を連想しながら）食ったが、けっこううまかった。

酔いのまわった老人は、舌のまわらぬ口調で長い間この小屋に住むが、お客さんに兎をごちそうになるのは、これがはじめてだ、といってよろこんでいた。

高千穂の峰

お鉢の火口べりに立って、まともに望む高千穂の峰は、巍然《ぎぜん》としたピラミッドの形を青空に見せていた。かすかに目立つものが、その頂上にあり、「天《あま》の逆鉾《さかほこ》」はあれだなと思った。

火口壁も、歩いている火口べりも、赤、黒、黄、白のだんだら縞になっていて、噴火の跡の悽愴《せいそう》な姿の中にも見る目には美しいものがあった。

火口底からは、かすかに音をたてて熱気がさかんに噴出していた。鋸の歯のような南側の火口壁の熔岩の至るところからも、また熱気は噴出していた。歩く火口べりは熱っぽくて、足裏にその熱が伝わるような気がした。とんとん足ぶみをすると、まるで空洞の上をふむようなうつろな響きがした。火口底をのぞきこんだN君は「どかんとくるんじゃないかな」といって、気味わるがった。

お鉢と高千穂の峰の鞍部へだらだらと下ると、そこは小砂利を敷きつめたような平地で、植物と名のつくものは、何一つ見当らず、なにかしら妖気の漂うような場所であった。高千穂の峰への登り口には、木のくちかけた鳥居が建っており、そのかたわらに積石ができていた。その中の一つに、わたしはまた小さいのを一つ積み重ねた。

写生をするのだといって、わたしのそばを離れたN君を残して、わたしは鳥居をくぐって、高千穂の峰へと登って行った。だれもが、勝手に思い思いのところを登るとみえて、踏跡は幾すじもついていた。急な斜面を岩につかまり、名も知らぬ灌木の小枝にすがって登った。先ごろ降った初雪が、よごれて岩かげに残っていた。

突然、頭の上で猛烈に犬がほえたてた。びっくりして顔を上げると、そこが頂上で、

青年が一人つったち、そばで犬は身構えて、なおもさかんにほえたてた。
青年は頂上の岩室の経営者で、けさほど登ってきたのだといった。青年と話しこんだので、犬はぴたりとほえるのをやめて、青年の回りをうろうろしていた。お休み下さいといって青年は岩室の方へ去った。

コンクリートの柵の中に「天の逆鉾」は建っていた。わたしは子供のころから「天の逆鉾」は丈余のものが、天空高くつっ立っているとばかり想像していたので、まのあたり三尺足らずのものを見たときは失望した。しかし、青銅製で柄の握りは裏と表が人の顔になっていて、それが南方の土俗的な表現の彫刻と同じようでおもしろいものと思った。後で青年に説明されたところによると、人の顔はなんでも神話にある男女の何々の尊《みこと》の顔をかたどったものであるそうだが、その尊の名は忘れてしまった。

頂上の茫洋とした景観に、N君もわたしもただ呆然と眺めいるばかりであった。山の名を一つ一つ説明できぬもどかしさで、わたしは桜島を指さした。そしてそのはるか向うの霧の中に浮ぶ三角の山を開聞岳だと教えた。

岩室は頂上の東側にあった。断崖を掘りこみ、その中へ建てられていた。岩室を少し離れたところに、便所が建っていた。近づいてみると「使用料五円云々」の木札が下り、戸には鍵がかけてあった。山を清浄にしようとする青年の思いつきには好意がもてたが、有料便所の可否には疑問があると思った。

商売用の写真機の三脚を組立てて、ひねくっていたが、わたしたちが見向きもしないので、あきらめた青年は、こんどは甘酒を取り出して、ごちそうするといってわかしはじめた。

写真機には見向きもしなかったN君もわたしも飛びつく思いで、それだそれだと賛成をした。

山小屋の一夜

ザックの荷造りがまずいので、N君は腰を前かがみにして歩いていた。ザックの上部は背中をはなれてのけぞり、不格好だ。難儀そうに歩くので、幾度もわたしは注意したが、ただ返事をするだけで、N君はそのままの姿で歩き続けた。韓国岳の裾をめぐる雑木の原始林帯は、熔岩が流れ出したあとで、小きざみのひだになり、そのひだを一つ一つ乗り越して進んだ。

N君は山を歩くことになれておらぬ、腰をおろしては休んで歩きしぶる。わたしは、N君をなだめすかして道を急ぐが、なかなか道ははは

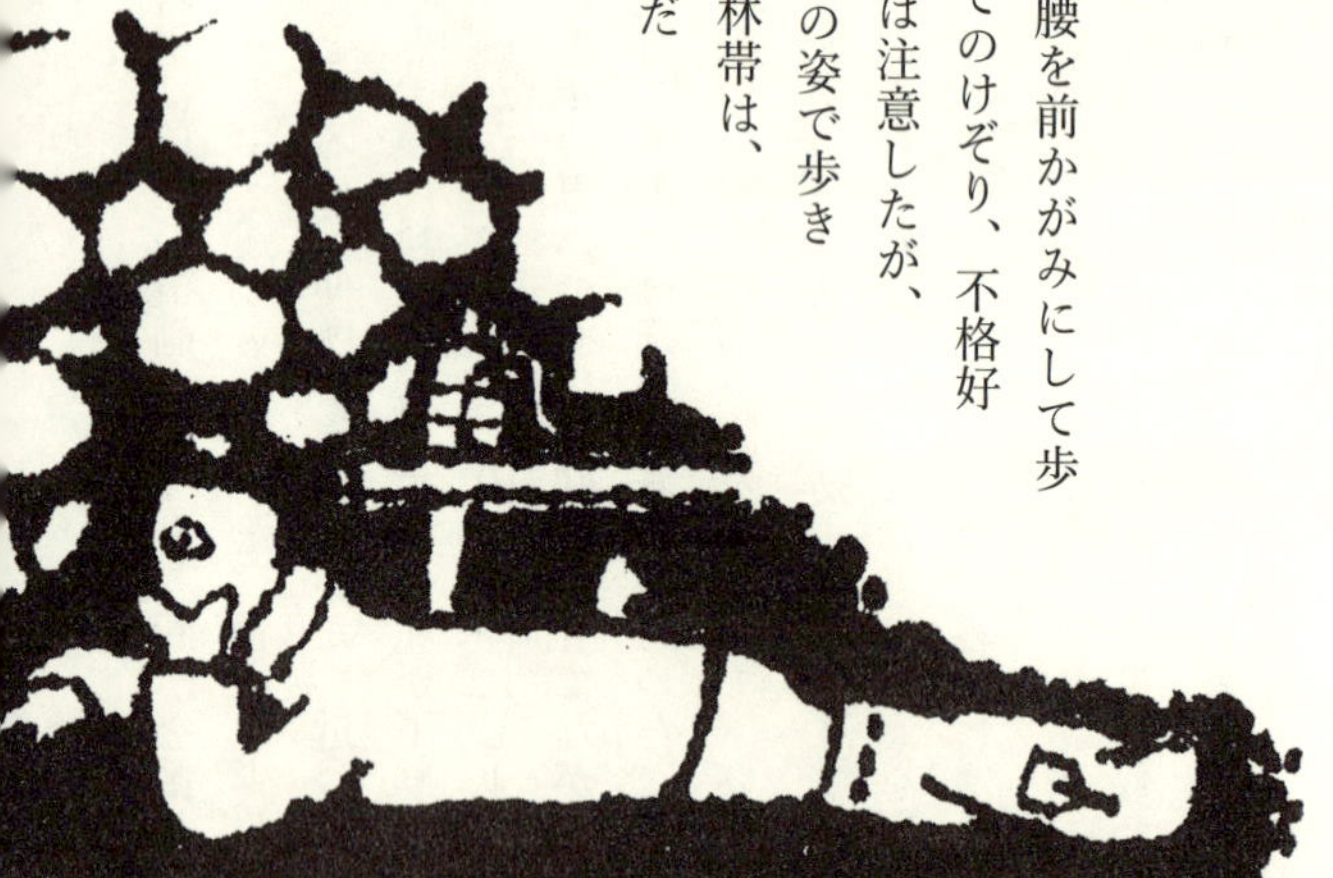

かどらなかった。わたしも疲れて参ってしまった。わたしが弱音をはいては、N君がいっそう弱りこんでしまうだろうと思って、わたしは岩かげに残るさらさらと凍った雪をすくいとっては口に放りこんで空元気《から》をつけた。冷たい雪は歯にしみて身ぶるいをした。

韓国岳と大浪池との鞍部に、新たにできた避難小屋だというのへ、疲れきって二人がよたよたとたどりついたときは、もう夕暮れであった。

夜どおし焚火をするために薪も

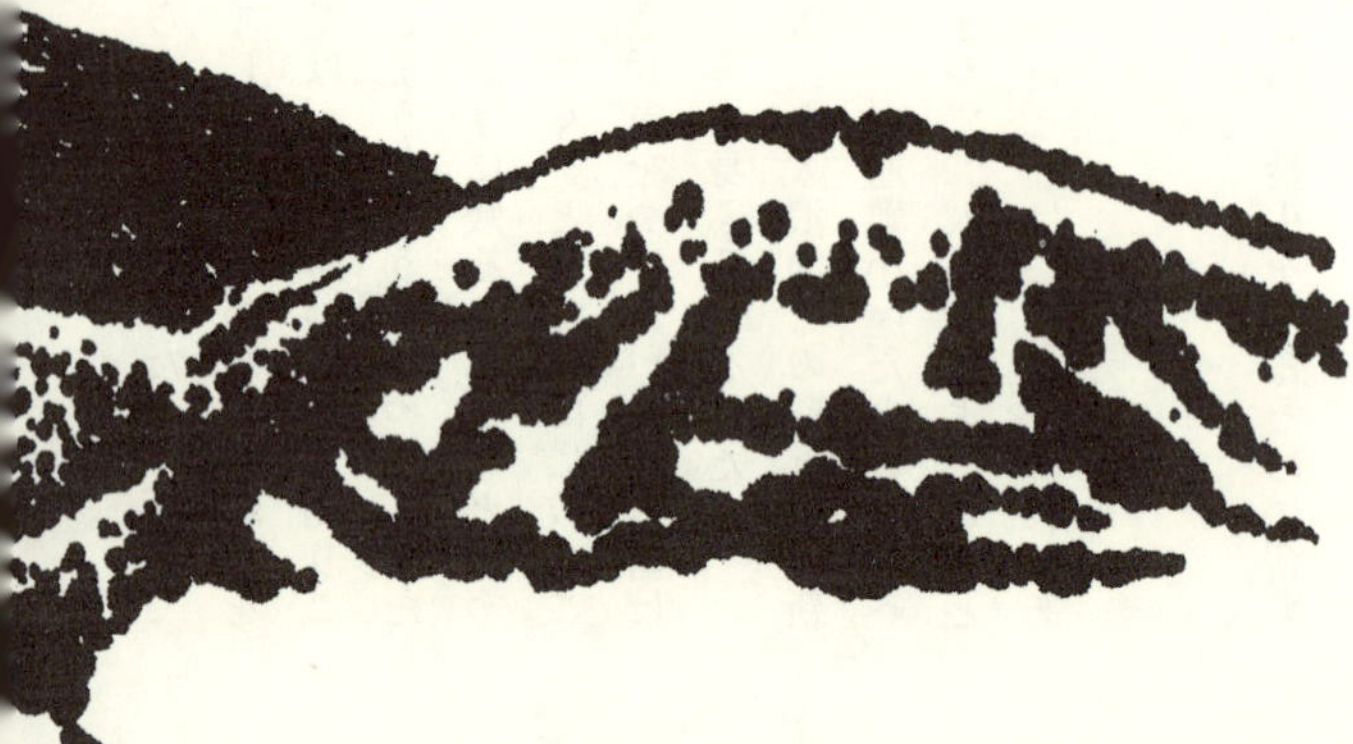

ふんだんに集めた。残り少なくなった食糧で簡単な夕食もすまし、二人は毛布にくるまって寝るばかりである。

土間も周囲の壁も丸味のある自然石でたたんであって、せまい土間の中央の石壁の中に暖炉式のいろりが仕組んであった。そのいろりにどんどん焚火をしたが、小屋の中は少しも暖かくならなかった。焚火に照らされる顔だけが焼けつくように熱く、背中はぞくぞくと冷えて寒かった。

小屋の中は石壁にそって丸太の腰か

けがあるだけで、座敷と名のつくものはできていない。わたしたちは工事のとき使い残してあった荒ムシロを幾枚も重ねて寝床をつくった。毛布で身体を巻き、空にしたザックに足をつっこんで、わたしは横になった。石畳で凸凹《でこぼこ》の土間の自然石が、荒ムシロを通して、冷たく、痛く背中にくいこみ、わたしはひとときもじっとした姿勢では寝られず転々と寝返りをうった。寝床が暖まりかけるころになると、背のびして毛布から手を出しては、いろりに薪をくべたすのはつらかった。

屋根と石壁のつぎ目がひどくすいているので、土間にくすぶる煙はうまくそとへ流れ出るが、ときに冷たい風がそこから吹きこんでくる。そのすき間から冷たい夜空がのぞかれた。あすもまた晴天の冷たさを感じた。

もうN君は寝ついたかと、そっと呼んでみた。N君は返事をするかわりに、ふるえる声で「おお寒い」とつぶやいた。

三平峠

谷は若葉で埋まっていた。後にも先にも尾瀬をめざす人たちが、延々と続いていた。わたしの先方を登る一組の人たちの中に、ひときわ目立って背の高いうしろ鉢巻の人がいた。身軽い足どりですいすいと登っていた。どこか見覚えのあるその後ろ姿に、人々を追いこしてわたしはひょいとふりかえってみた。案にたがわずその人は、知人のNさんだった。カモシカとあだなされるNさんは顔いっぱいに大口をあいて笑った。それがNさんの親しみのあるあいさつでもあるらしかった。

Nさんの、後先を登る老若男女の元気な人たちは、Nさんに引き具されている「山小屋倶楽部」の人たちであるとわかった。きつい登りで、だれの顔も汗で紅潮していた。

木立ちの中のゆるい道をひと山捲くと、むせるような若葉の中に、さらさらと音をたてて谷水が流れていた。流れにかかる木橋を渡ると、そこには簡単な休み小屋が建っていた。

みんなルックザックをはずして、一服するのかと見ていると申し合せたように、だれもがカメラを取り出して、さっと四方へ散った。ふたたび木橋を渡り返して、せまい砂地へしゃがみこみ、Nさんは真剣な顔をして、ピントを合せていた。手ぶらでぽかんとしているのは、わたし一人であった。

三平峠はどこが頂上だかわからなかった。丸々とした山上の平坦な道をひと曲りした。日かげの道には、きたなくよごれた雪が、浮きあがったような格好で残っていた。

どこで連れの人たちにはぐれたのか、Nさんは一人ぼっちで歩いていた。「馬鹿にみんな足が早くて」とつぶやいた。自分がやたらにカメラを振りまわして道草を食っている間に、連れの人たちにおいてけぼりを食っているのに気がつかぬらしい。なにかくすぐったいおかしさで、笑いがこみあげそうになったが、わたしはぐっとこらえた。山頂の平坦な道が終って、木立ちの中を道が下ろうとするところで、木の間越しに明るく光る夜明けのような静かな沼が見おろせた。

子供と山へ

何年か前のことだった。キャンプをするのだといって、わたしは、子供らを連れ、八ガ岳の山麓へ行ったことがある。

満員の高原列車の中で、身体の小さい長男は、自分の顔よりも太い、丸型の水筒、それはわたしが好んで使う水筒だった、それを首から胸にぶらさげていた。その長男の様子がおかしくかわいい、といって、近くに坐っていた老人が座席を割って坐らせてくれた。自分の格好を笑われたものだから長男

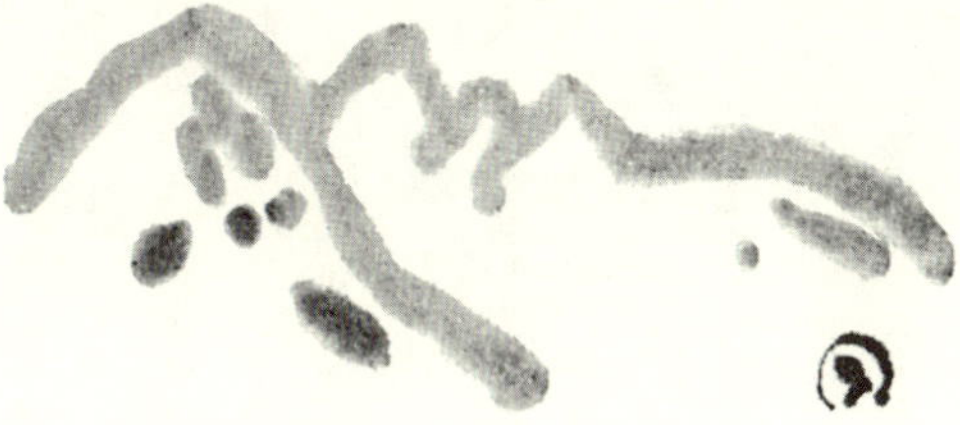

ははじめのうちは照れていたが、坐れたことをよろこんで、坐れない姉や姉の友だちをからかっていた。
　森林であった跡は、もうすでに開墾地になっていて、みすぼらしい小屋が幾軒も畑の向うに見えた。流れ水のない、深い沢の鉄橋を音をたてて渡る列車の窓からそとを眺めて、水のない川だと子供らは不思議がった。
　清里の駅に降りたつと、わたしはすでに、山の気分にひたれるのだが、子供らには、里も同じに感じるらしかった。見上げる八ガ岳の一角を指さして、あれに登るのかと、子供らは気負いこんでいた。
　灌木の間を流れる、小さな流れの近くの草原に天幕を張っ

た。子供らは、いろいろと夕飯の仕度を手伝った。その様子を見ていると、平常のままごと遊びを、この際実地に楽しもうとするようで、わたしは、ふと、わけもなく物哀しいような味気なさがこみあげた。こうした感情におそわれるのもやはり年齢のせいだな、と淋しかった。

夕飯がすむと、灌木の間の流れで子供らは遊んだ。長男は、その細い流れで泳ぐといって、わたしを手こずらした。泳ぎもできん、魚もいない、「つまんないの」とベソをかいたので、姉やその友だちが、「こんな川に魚がおるもんか」と長男をからかうものだから、長男は泣きべそ面をしていた。山へきて水を慕う子供の気持を感じて、わたしは、海岸へでも連れて行ってやった方がよかったなと思った。

その夜はひどい雷雨で物すごかった。稲妻がさっと天幕の中を照らし、やがて雷が鳴る。子供らは、とたんに悲鳴をあげて、頭からすっぽりと毛布をひきかむって、ちぢこまってしまう。長女の友だちは、とうとう「おじさん、おうちへ帰りたくなった」といった。長男も長女も、泣きべそをかいて「帰ろうよ」をくり返し、くり返しいうので、その子供らをなだめ、すかすのに、わたしもまた半泣きのていであった。

その夜、わたしはあすは天幕をたたんで帰ることに腹をきめた。そう腹をきめたら気が楽になった。そしたら、雷雨もやんで、夜はふたたび無気味なほど静まり返った。

野反池へ

敗戦前もずっと前のことだった。当時の鉄道省がハイキング・コースとして、キャンプ指定地までつくり、さかんに宣伝した中に野反《のぞり》池があった。わたしはその池の名に心ひかれて行ったことがある。

いまでは、牧水コースなどと呼ばれている浅間山麓から、草津へかけての道をつぎつぎと歩き、最後に草津から野反池へと登ったのであった。

この辺での最奥の部落である小

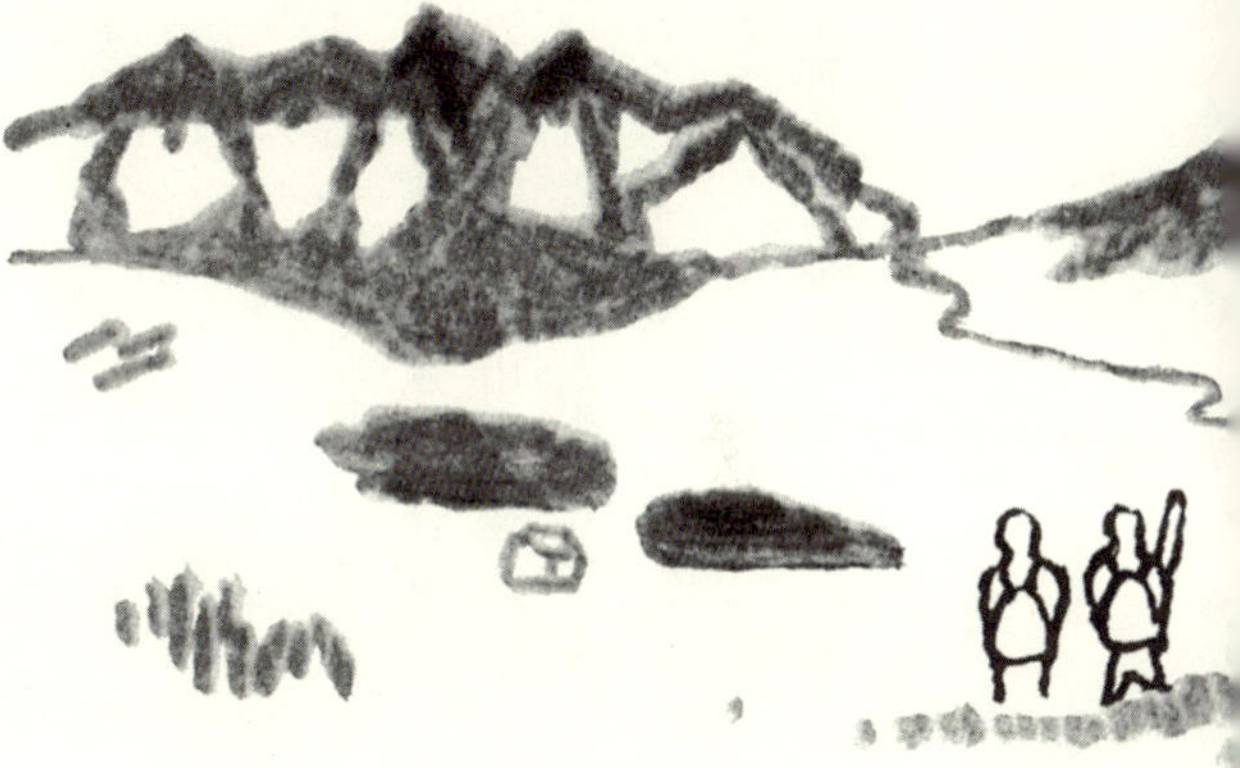

倉で野宿した。朝飯を食っていると、草津を早立ちしたという二人の青年が、息をきらして登ってきた。わたしが野反池へ登るのだとわかると、わたしの天幕のそばへ腰をおろして、いっしょに登ろうと待ってくれた。

昨夜、村の人がわたしの天幕へきての話によると、その人は野反池の漁獲権をもっており、あすから野反池へ三、四日泊りがけで、魚獲りに行くから、案内するということになっていた。

青年たちもわたしも、小倉の部落から直登する道があることを知らないのだが、その村人によると小倉から直接登る道があり、近いということだった。

その村人が、先にたって、同勢四人が小倉の部落をたったのは、もう、太陽が谷いっぱいに暑く照らしているころだった。

汗だくになって、登りつめた峠は、弁天山の裾だった。魚野川の深い渓谷から、吹き上げる冷たい風で、汗も一時にひく思いであった。ふりかえって見ると、白根山が、そして浅間山の一連が、ずらりと眺められた。深い谷の向うに、岩菅山の怪しい岩肌が、黒々とそそりたっていた。白砂山の連山は、この辺で中心をなすにふさわしい、堂々とした山容を見せていた。

わたしが、あたりに見とれている間に、村人も青年も、とっとと、池をめがけて、くま笹の中の細径を降りて行った。

ゆるい草原の中ほどに、二つの眼玉を並べたような野反池は、明るく静かに水を満々とたたえていた。池は、目と鼻のさきのように見おろせるのに、降りる三人の姿が豆つぶほどの小ささに眺められた。

池の畔りには、新しい小屋が建っていた。その小屋のそばに、村人の掘立《ほったて》小屋があった。身一つはいれるほどの小さいものだった。

わたしたちは、池の畔りのくま笹の中へ天幕を並べて張った。くま笹の中には、点々とバイケイ草の白い花が、盛りであった。池と池との中間の湿地には、エンコウ草が咲いていていた。

対岸にそそりたつ、八間山の裾の細径は、最近まで、奥吾妻と越後を結ぶ重要路で、牛の背を利用して物資を運んだという。

夜がふけて、対岸の雑木林の中あたりから、怪しい鳴き声がきこえた。青年の天幕から、仏法僧《ぶっぽうそう》だろうかと声がかかった。

瓶ガ森山

石鎚山を描くには、相対峙する瓶《かめ》ガ森《もり》がよかろうと登ったことがある。ずっと以前のことだから、最近はその様相がずいぶん変っていることだろう。

里の方は、まだ緑に埋もれていた。登るにつれて、紅葉がはげしく、季節の変化を、一瞬に見しるようで、興味が深かった。山上はすでに、雑木の葉も落ちて、秋もすっかり深いという感じであった。瓶ガ森山は、山上がゆるい傾斜のある高原状になっていて、高原の北端に、一八九六・七メートルの最高地点があり、刈りそろえたようにきちんとしたく

ま笹につつまれて、石の祠《ほこら》がぽつんとあり、その台石には「石土山」と彫《きざ》まれていた。

起伏する予土国境の峰の一つ一つには、はっきりと、踏跡が見えていた。その峰のうちには、伊予富士、寒風山、笹ガ峰が眺められるはずだが、わたしは、それをはっきりと知ることができなかった。

高原は、国境をさかいにして、土佐側は急斜面で、低い山波は遠く太平洋へ向かってかすんでいた。わたしは、国境の笹の中の踏跡を南へ向かって歩いた。右に見おろす高原は、一面のくま笹と雑草が入り交り、針

葉樹の立枯れが白骨化して、不気味な枯枝のものなどが点々とあった。俳人碧梧桐《へきごとう》さんが、命名した立枯れもあるはずだが、どれであるか見わけがつかなかった。

焼けつくような、秋の陽が照りつけていたが、土佐の山波を流れ吹いてくる太平洋の風に、汗でぬれた肌着のわたしは、じっとしていられぬほどの寒さであった。

南下する稜線のひと所に、岩の突起があって、そこに、人一人泊れるほどの、石と木切れでたたんだ行者の室があった。万一のときは、避難場所にも利用されるときいていたが、これだなと思った。

深い谷をへだてて、岩塊をどっかり置いたように、西の方に石鎚山は眺められた。いまなお信仰登山がさかんだが、その石鎚山よりも以前に瓶ガ森山は、石土山として道場が開かれたということだ。それが、石鎚山に移ってからは、すっかりさびれ

たが、いまでも行者はときおり登るそうだ。

高原の近くの岩峰には鎖場があって、岩峰の洞窟には、青銅の不動明王の像が安置されている。その岩峰を子持権現山といっている。

西へ向かってゆるい傾斜の高原は「氷見二千石原」といわれている。里の登山口に氷見という町があり、その昔、二千石の領地で、その二千石の年貢米を収穫する水田の広さほどもある、広っぱだというところから「氷見二千石原」の地名が生れたということだ。

高原の中央部に近い針葉樹の林の中に、営林署の山小屋があって、小屋の裏手には清水が湧き流れていた。針葉樹にかこまれているので、小屋はなんとなく陰うつだった。

きつい登りを続けたので疲れていたわたしは、簡単な晩飯をすますと、すぐ、いろりのそばへ横になってぐっすり眠りこんだ。何時ごろだろう。突然リリン、リリンとベルが鳴りひびいて、わたしは、はっと目がさめた。とたんにわたしは、登山杖をさぐり寄せて、しっかりとにぎりしめていた。

ランプの光をたよりに、部屋の隅々まで照らしてみたが、なんの異変もなかった。一部屋だとばかり思っていた小屋の片隅に引戸があり、鍵がかかっていて、その向うに、もう一部屋ある。ベルは、その部屋で鳴ったことがわかった。旧式の電話が、里の営林署から、山小屋全部へ通じているらしく、近づいてみると、引戸の上には、「巡視人の室云々」の木札がさがっていた。電話のベルとわかってみれば、わたしは、張りつめていた気もゆるみ、胸の動悸もおさまってほっとした。

土小屋の夜

瓶ガ森山の小屋生活が、あまりに快適だったので、予定を狂わすほど泊りこんでしまった。食糧がこのさきだいぶ不足しそうなので、それに気がつくと、早々にわたしは小屋を引揚げた。

瓶ガ森山と、石鎚山の間の縦走路は、営林署が切開いたものだという。上り下りがなく、平坦で、どこまでも国境の背稜を歩かせた。その道は、明るく見通しがきいて、常に前方には、石鎚山の岩塊が眺められ、左に土佐の山波を見おろした。石鎚の小屋までは三里ときいていた。道草を食い、ゆっくり歩いても、六時間もかかれば、石鎚の小屋へつくはずと思っていた。

陽ざしが弱まって、だいぶ陽も西にかたむいたので、急がないといけないと気づいたとき、手箱山、筒上山を経て、土佐から登ってきた登山道と合流する地点に出た。そこは、もう国境からはるかに、伊予の側にはいりこんだ位置で、加茂川と、面河渓《おもごけい》の支流の分水嶺だ。馬の背のような場所に、土小屋という小屋が、ぽつんと淋しく建っていた。石鎚参りの行者姿の登山者が、身軽い足どりで降りてきた。この時間では、石鎚までは無理だといった。自分は慣れているから夜道をかけて、土佐の村里まで下るのだといった。タバコを一本所望したら、朝日をさあさあといって出してくれた。

わたしは、土小屋に泊ることにきめた。雨戸もない土間に、はいってみると、二階もある部屋は、だだっ広くて、ひと目で見渡せ、奥の方からしめっぽいかびの臭いが、ぷうんとにおってきた。お山開きのころに使ったものと思われる一升びんや空カンが土間に散らばっていて、シーズンをはずれた山小屋のいぎたなさが、不気味なほど部屋いっぱいにひろがっていた。

小屋のそばには、よくもこんな場所にと思われる灌木の繁みの中に、ちょろちょろと、したたり落ちる水場があった。その水を汲みためて、わたしは夕飯の仕度をした。だだっ広い部屋に、ぽつんと一人寝るのがなんとなく不気味だったので、土間にわたしは天幕を張った。小さな天幕の中へ持物をみんな運びこんで、わたしはその中に坐りこんだ。布地一重で、不気味な小屋の空気をさえぎったつもりだ。そうしてみると、天幕の布地も固いコンクリートとも感じられ、なんとなく安全感がえられて、わたしはほっとした。いつの間にか、わたしはうとうとと眠りこんでいたらしい。小屋の外の樹の枝をゆすぶる、ひどい家鳴りに目がさめた。外は強い風が吹いていた。古い小屋だから、木組も弱っているらしい。ゆさりゆさりとゆれて、きしむ音が物凄く不気味だ。消え残ったローソクの芯をかきたてて明るくした。腹ばいになって目をつむり耳をすました。妖怪変化の類が、二階の暗がりから、にゅうーッと出るなどとは思わぬが、小屋の名の土小屋は物語の土グモに語呂が似て気味が

わるい。子供のころ読んだおばけの本や、おばけカルタの一本足のからかさや一ツ目小僧の絵が、一枚一枚めぐるように、わたしの頭の中をかけめぐった。それをふるい消そうとすればするほど、妄念はますますつのるばかりであった。

不気味な家鳴りとともに、鳴り物入りの三味線がきこえてきた。と、思うとたんに、突然、二階の座を突きやぶって、わ

たしの鼻っ先へ毛むくじゃらのでっかい一本足が、ぶらさがった。
　わたしは、妄念に悩みつかれて眠りこんでいたらしい。それは夢だった。
　ローソクも消えて暗い天幕の中で、手さぐりでローソクをさがしだし、ふたたび灯をつけた。枕元に鈍く光っている鉈《なた》を握りしめた。そして、夢中で握ったことに気がついて、わたしは一人で照れた。

三条の湯へ

雲取の小屋に泊ったのは、わたし一人であった。夜は冷えるというので、わたしの大型の水筒に、小屋主のTさんは熱湯をつめてくれた。それを湯たんぽがわりにしてねむったので暖かかった。

目がさめたときは、小屋のそとは雨音でそうぞうしかった。夜半からさかんに降ったらしい。きょうもまた雨にぬれて歩くのかと思うとわたしはゆううつだった。寝床の中で、いつまでもぐずぐずしていた。土間の方から、この雨はそのうちにやむのだと、Tさんはわたしを寝床の中から引出そうと起しにかかっ

た。土間のでっかいストーブの前に、一理窟こねそうな顔付きのTさんは、坐っているらしい。わたしはTさんのかんにさわらぬうちにと、しぶしぶおきた。

小屋の周囲は、原生林の巨木だ。おい繁る緑の葉を打ちさわぐ雨足が、弱まったら飛びだそうと待っているときだった。びしょぬれになった青年が、かけこむようにして小屋の中へはいってきた。見ると、背広に短靴、手にボストン・バッグ一つさげた軽装だ。

昨夜途中で日が暮れて、雲取小屋までくることができず、白岩小屋再建のため登ってきている村人の仮小屋に泊めてもらい、けさ早く雨の中を出てきて、かくのとおりだといっていた。

東京に近い山だからといっても、二千メートルの雲取山だ。雨にもあおうし、夜は冷える。青年の軽装をひと目見たTさんは、おもむろに口を開いたかと思うと諄々《じゅんじゅん》とその無謀を説いていた。しかし青年もさるもの、カエルの顔《つら》に水のたとえ、たいして反応はなさそうだ。あっけらかんとした顔つきできいていた。

小降りになったそとへ、青年とわたしは出た。ふりかえって見ると、巨木の樹林にかこまれた小屋は、見るからに、がっちりとした骨組で建っていて、あたりは、深閑として物音一つしなか

った。

　分厚いこけの中の踏跡をしばらく登る。そのこけの中に点々とイチヨウランの可憐な花が咲いていた。Tさんが、雲取の頂上近くにはオサバグサが花ざかりだといっていたが、なるほど、見事な群落だ。白くむらがり咲く花は、ひどく印象的だった。花に見とれているわたしを離れて、青年は、すでに頂上めざして登ってしまい、昨日のように、またわたしはひとり原生林の中を重いザックをもてあましながら、よたよたと、こけの中の踏跡をたどった。

わたしが、頂上にたどりついたときには、青年は、はるかなる関東一帯をへ

いげいして、何をさけんでいるかとよくきけば、これはまたなんと感傷的な藤村の詩を声高々とさけんでいるのであった。

武州雲取小屋は、小屋跡だというだけ、その小屋跡のあちこちに、残る焚火のあとだけが生々しい。谷から吹き上げる風を、まともに受けるので、すっかり身体が冷えた。多摩の渓谷の水源林はさすがにうっそうと繁り、深々と緑一色にぬりつぶされていた。

小屋跡から、三条の湯へ下る径がわかれていた。径はやがて落葉松林の中へはいった。その林の中で、小鹿だろうと思われる、腐乱した動物の死体にぶつかってぎょっとした。動物の死体を見てさえ、ぎょっとするほど小心で気弱なわたしだから、もし人の死体だったら？　と、下るみちみち、腐乱死体の動物が目さきにちらついて心がふるえた。

谷へ張り出した尾根を、一つ一つ乗り越すのにもあきて、ほとほと参っているとき、尾根の出張りを一回りしたとたん、繁る木の間に、真新しい三条の湯小屋を見つけて、わたしはほっとした。

もうけた山

三峰神社を出はずれると、ひとりでに隊列がきまった。先頭を切ってさっそうとF氏、用意周到、分別のあるK氏、一番老体のわたし、会計的事務を引受けたK氏、無口で実行力のあるS氏、しんがりは、一番若い食い気一方の、元気なK青年、この順序が最後まで続いた。

わたし以外はみんな三菱鉱業のえりぬきの山岳部員で、そのおだやかな人柄、行動を乱さぬ訓練のよさには、いっしょに歩いていて気持よかった。

地蔵峠で、先頭のF氏が、夜露にしめった国会議事堂の図案のある紙切れをひろった。欲をいえば、もうふたけた大きい数字がはいっておれば、解散式ができるのにと、いやしい気にもなったが、後味のわるいもうけものであった。

朝飯も食わず、四時にたっていたので、腹がすいた。お清平で朝飯の弁当を開いてみると、あれだけの米で、こんな小さい握り飯だ、と、腹のたつほど小さい握り飯で、みんながっかりした。そこで、きょうの食糧対策として、朝飯から統制をすると、K氏が、厳令を下したので、ことに若い人たちは、もう一度がっかりした。

雲取小屋のTさんは今夜あたりは「よくて座禅、おそらく立ちん棒で夜明かしだ。その覚悟でないと、うちの小屋は泊れない」と、内心ほくほくもののようだった。三条の小屋なども、風呂場まで満員になるだろうというので、わたしらは、三条へ下る予定を変更して、将監《しょうげん》小屋へ回ることにした。わたしたちは、二度目の握り飯を食うのもそこそこに雲取小屋をたった。

雲取の山頂から眺めたとき、小屋のように見えたものは、狼平にたどりついてみると、それは巨大な岩だった。F氏は、狼平を油絵で一枚描きたいと、楽しみにしてきたのに、描くどころか、さきを急ぐので、一服したのみでそこそこにたった。

飛竜へきて、はじめて、シャクナゲの繁りを見た。まだつぼみはかたい。葉裏を見ると、紅白の種類があるようだった。

　岩角で男女が休んでいた。わたしたちも一服して、さてたとうとするとき、岩の上におかれた写真機を見たわたしたちの方の一人が、写真機を忘れているといった。とたんに、休んでいた若い女が「わたしのよ、山へきてまで泥棒にあっちゃたまらないワ」と、ずけずけと叫んだ。若い女のものだとわかっていて、冗談にいったのにあまり真剣なので、わたしたちは、毒気をぬ

かれて、ぽかんとした。

飛竜権現の鳥居のそばの断崖の上で、大菩薩の山々を眺め、三度目の握り飯を食った。将監小屋ももう近い。晩飯ははんごう炊さん、そうきまったので、握り飯の統制はK氏によってとかれた。腹はすいていたし、小さい握り飯はどこへのみこんだやら、若い人たちは物足らぬ顔をしていた。

将監峠についたとき、予想しなかったコースだけに、これはもうけものだとだれもがよろこびあった。一度小屋へ下ってからF氏らは、ふたたび峠へ登り油絵をかいた。へばってしまったわたしは、F氏らの意欲にすっかり圧倒された。満員の小屋で、寝具もなく寒々と夜をあかした。

三ノ瀬で教えられて、わたしたちは天狗棚（山）の東側を捲き、青梅街道へ出た。出たとたん、天気がくずれ雨になった。

丹波《たば》の停留所で、三条の湯のイワナ釣りから下ってきたN社長とばったり会った。いつもの大漁と違って、ほんものの大漁だ、えびす顔に荷物は重そうだった。そこで、生きのいいのを、おしげもなくみやげにと、引出してくれた。これは、いいものをもうけたと思った。

ようかんの味

夜が明けたばかりの三ツ峠の頂上は、まぢかに見上げる富士山に圧倒された形の登山者の群が、ぽかんと立ちすくんでいた。ザイルを巻いて、さっそうと、岩場を登ってきた青年は、富士山を背にして、得意気に汗をふいた。それらも一刻《いっとき》のことで、記念写真をうつす者、頂上を去る者、それぞれ思い思いに散ったあとは、捨てられた紙くずだけ目立って閑散としたものだ。わたしは、八町峠から御坂《みさか》峠へ出る予定だったし、途中で連れになった二人の登山者は、清八峠へ出て、笹子駅へ下るというので、途中まで、いっしょに歩くことにした。

頂上と茶屋とを結ぶ径のかたわらの草の中には、点々と、テガタチドリが咲いていた。わたしは、山草の中でも、蘭科植物が好きだから、とくにその花だけが目についたのかもしれん。

頂上の裏側の密林の中には、サクラソウ科の珍種があるときいていたが、先を急ぎ、ただ歩くだけらしい連れがあっては、連れを待たせてまでも、さがしてみる気にならなかった。

密林をぬけて、八町峠へかかる尾根を歩く途中の岩肌に、小形でかれんなイチヨウランがついていた。

尾根道を坦々と歩くものと思っていたのに、径はけわしい下りの連続でズック靴では指先を詰めてつらかった。連れの人が「おかしい」と地図を取り出して見た時は、もうわたしたちは大幡川の水源近くまで下っていた。どこでどう径をとりちがえたものか、わたしたちは途方にくれた。急坂を引返すのもつらい、連れの人たちは、大幡川を詰めて清八峠へ出るというので、わたしたちは、そのまま下った。

小さな流れにおりついた。すぐそばに荒れた小屋があった。小屋の中の突き当りは自然の岩壁で、岩壁のくぼみに神棚があって、供えた木の葉も枯れしぼんでいた。

わたしたちは、流れの岩の上で昼飯を食った。連れの一人が、一本のようかんを取り出してふるまってくれた。そのころは、もうなにもかも配給制度になっていて、店頭から甘い物など姿を消して、なに一つないころだったので珍しかった。わたしは、その甘さを味わうひまもない早さで胃の腑《ふ》へのみくだした。そのあとで甘かったなとはじめて自覚した。きくとその人は、M製菓に勤めているのだといっていた。

連れになった二人は、早々に清八峠へと登って行った。わたしは一人ぽつんと残された。日暮れまでには小半日もある。わたしは日暮れを待って、荒れた小屋に泊ることにした。

渋峠

五、六日分の食糧と天幕などを詰めたザックは、丸くかさばってなかなか重かった。だから、若い元気のいい青年？　身軽いいでたちの登山者といっしょになるのは、一種の苦痛を感じていた。

　電車の中で、話しこんだ二人の青年と連れになりそうで、わたしはちと負担を感じ、ゆううつになっていた。

　ところが、電車が草津駅につくころになって、猛烈な雨が降ってきた。

通り雨だとわかっていたが、雨にあうと二人の青年はあっさりと予定を変更して、草津の湯で一日静養だといって、さっさと湯の街へ姿を消した。

湯の街へ出て行く二人の青年の姿を見送って、わたしは、やっとゆううつな気持から解放されてほっとした。

雨のあがったあとは、ひときわさわやかだったが、はげしい陽ざしに汗にぬれた皮膚は、こげつくように痛かった。

白根山から、ゆるくすそをひく砂《さ》

礫《れき》の山肌は、見るからに荒涼としたもので、生きて青葉をもつ草木もない。不気味な立枯れがめだち、硫黄のにおいがぷうんと鼻をついた。凄惨《せいさん》、鬼気せまるものがあった。

スキーのできないわたしでも、芳ガ平一帯が、雪におおわれた冬の様子は想像することができた。入り乱れてにぎわうかも知れぬ芳ガ平も季節はずれでは、動くものは、空を飛ぶ雲とよたよたと歩くわたしの姿だけだった。

大沢川の水源に近いと思われる流れの川底には、硫黄が沈積していた。小さな土橋を渡りおわって、ひょいと顔をあげると、子供連れの登山者が、物静かな足どりで下ってきた。二人ともマンジュウ笠をかむり、長い杖をついていた。

男の子を先にたてて歩く姿は、心の糧を求めて、四国の霊場を巡拝する遍路姿を思わすものがあった。ふりかえって見ると思いなしか、ただ一心に、先へ先へと草津の方へ下る後ろ姿もさびしかった。

渋峠のスキー小屋へ泊ろうか、それとも水場をさがして天幕を張ろうか、どちらともきめかねて、重いザックをゆすりあげながら、峠をめざすわたしもまた、頼りない心のさびしさが、ひしひしと胸をしめつけた。

クリを拾う

武川岳の頂上は、うっとうしく雑草がしげり、三角点の標石さえ、どこにあるやら見当らぬほどだった。

ひとっとびの目の前に、武甲山のごつい山肌が、荒々しくせまって、いい眺めだった。くる途中でも、あちこちでクリを拾ったが、武甲山の方角へ向かって下る雑木林の中には、クリが目立って多かった。

山へくる人が、クリなんかには目もくれず通りすぎたのか、あたり一面にばらまいたように、クリの落ちている場所へぶつかった。

わたしは、ひとり有頂天になって、息をはずませて拾い集めた。俗にいうシバグリというのであろうか、まことに小粒なものだった。落葉をかきわけると、その下からもぞくぞくとつやのいい生き生きとしたクリが出てきた。

わたしは、つい欲気を出して、一つでも多く拾おうと思い、ときのたつのにも気がつかなかった。

クリ拾いなどとは、子供のころ以来のことで、クリを拾いながら、しきりと郷里の山野が思い出されて楽しかった。三升近くも拾ったろうか、これは商売になるわいと、ほっと一息入れて背のびして、木の間越しに空を仰ぐと、驚いたことには、もう日暮れだった。

わたしは、あわてて身仕度をしてそこをたった。防火線をすべりおりながら、ずっしりと重いザックが、なにかうれしかった。

失敗した借金

ずいぶん昔のことであった。暮から正月にかけて、阿蘇山を歩きまわって、別府へたどりついたときには、財布の中は、やっと四国に渡る船賃が残っているというありさまだった。

しかし、四国へ渡るその船も出帆したあとで、明朝までないという話。どうしてもひと晩、別府の安宿でもさがして、泊らねばならんことになった。宿へ泊れば船賃がなくなる。どうしたものかと途方にくれて思案した。

よくしたもので、窮すれば通ずるのたとえ、いいことを考えついた。それは平素あまり文通はしていないが、旧い友人が移り住んで、売り絵を描いて生

計をたてているのを思い出し、その友人を訪ねて、借金をすることだった。その名案に思わずひざをたたいてよろこんだ。いままでのゆううつがすうっと晴れた。

はじめて訪ねるその上に、所番地もあまりはっきりと記憶にないのをどうにかさがしだし、友人に会ってみると、どうも生活はひどく豊かでないらしい。動作にも、言葉にも、その貧しさがあらわれていて、これは少し名案もあやしいと思った。

友人に会うまでは、何がなんでも、強引に借金をするのだと、意気ごんでいたのに、友人と話しているうちに借金を申しこむなどというけぶりを見せないようにしてしまった。見得坊《みえぼう》というか、気弱なのか、自分がもどかしく、語る話もうわの空であった。

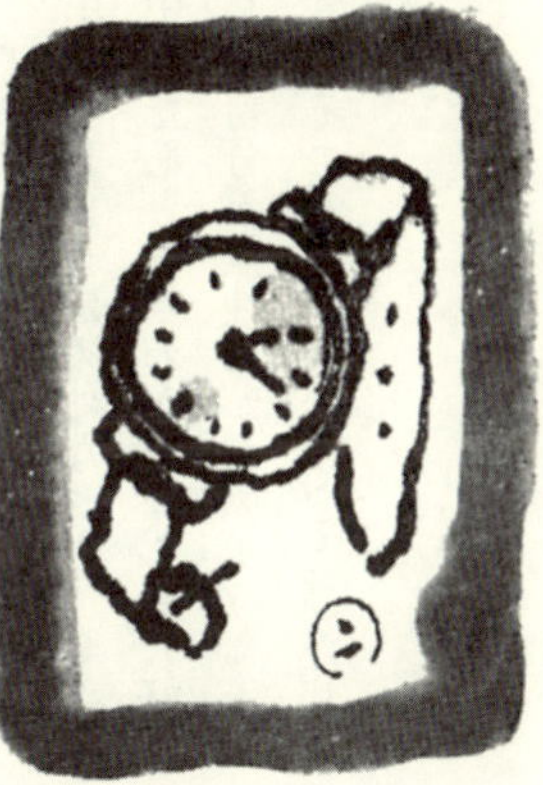

そうしたわたしの腹の中を知るや知らずや、突然、友人の方から借金を申しこんできて度ぎもをぬかれた。山旅の途中だ。小金ぐらいもっているだろうと思ったのか、これはまったく、虚をつかれたかたちで、

いやおうなしに有金全部をはたき出してしまうはめになった。全部出したあとで、わたしは、お人好しの自分が無性にかわいそうになり、そのまま友人の家をとびだした。

そんなら、ひと晩泊めてくれともいえなかった自分に腹をたてながら、街を歩いているうちに、わたしは次の名案が浮かんでいた。今夜は野宿だ。あすは、少しの金にはなろう腕時計をはずせばいいのだ。そう決心がつくと気も楽になり、借金をしに行って金をおいてきたことが、なにか愉快なこと

に思われておかしかった。

街はずれの道ばたの松林の中に、格好な場所を見つけて天幕を張った。寒空に天幕を張って、野宿するのを人に見つけられまいと、夕飯の仕度をする煙りにも注意した。

きょう一日の気づかれで、目があけられないほど眠いのに、土地がこちこちに凍っていて、身体が凍えるように冷えた。なかなか寝つかれなかった。

突然、耳元で猛烈に犬にほえたてられて目がさめた。もうすでに夜は明けて、松林の中も明るかった。とっさに半身起き出して、身構えると、一ぴきのどう猛な顔つきの野良犬が、赤い口から白い息をはきながら、天幕の入口のすき間から、いまにも飛びこんできそうな姿勢で身構えていた。わたしはびっくり仰天した。

やきいも

四国は、暖かいから雪など降らぬ、と思いこんでいる人もあるようだ。太平洋に面して土佐の海岸は、大寒の季節でも霜さえ降らないほどだが、他の土地では、大小の差こそあれ、山といわず、里といわず、雪が降る。わたしの生れたところは、四国の西南端、伊予と土佐の国境で、外洋の暖流からさえぎられた山の中の盆地だ。冬はかなり気温の

低いところである。毎年降る一度や二度の雪は、二、三寸積っても大雪だと土地の人はいう。

わたしが小学生のころ、大雪が何度も積った。三尺にも四尺にも積ったようにおぼえているが、事実は一尺も積ったろうか、一里近くある雪道を、上級生の歩いた足あとを追い、こぐようにして、学校へ行った。教室には、からだを暖める設備が何一つあるわけではなく、上級生といっしょになって、からだとからだ

を打ち合って、寒さをまぎらわしたものだ。先生たちのために、教員室へ炭火を運ばされると、その炭火の暖かさが、とてもうれしくて、その使いをいいつかるのを心待ちしたことをおぼえている。

大雪も日が照れば、その日の夕方か二日たつと、あっけなく解けてしまうような雪で、根雪となって春まで残るのは、真向いにそびえる鬼ガ城山塊の山肌だけで、その雪を仰ぎ見ながら、村人たちは身ぶるいし、寒い寒いといいながら田畑の仕事に出かけて行く――。

物音一つせぬ静かな夜が明けて、目をさますと、雨戸のすき間から吹きこんだ雪が、座敷や土間に積っている。いまでこそ、街に降る雪など真っ平ごめんだが、子供心に雪はよほど魅力があったものとみえ、雪の中をとびまわったものだ。

灰色の空から、綿をちぎって投げつけるような牡丹雪が、ぼたぼたと降るのだから、見るまに深々と、一面の雪野原になる。そうなると、大人たちは、野良仕事を休み、いろり端でワラ仕事をはじめる。そこへ近所隣りの人たちもやってきて、世間の噂《うわ》さ話でにぎやかだ。

大人も子供も、食い気が出る。家の近くの日当りのいい岸に作られてあるサツマイモの貯蔵穴から、イモを運び出すのは、子供の役目であった。そのサツマイモは、いろりの燃えさかる薪の下の、熱灰の中へ、枕を並べてさしこまれる。

そうして焼いたサツマイモの味は、とうてい都会でも味わえぬもので、都会でうまいといわれる石焼イモなど、その足下へもよりつけぬうまさで、雪の日の子供の楽しみの一つであった。貧乏育ちのわたしなどは、冬の雪の日がくると、いまだに、そのうまかった焼イモの味を思い出すほどだ。

尾瀬の山小屋

尾瀬沼の長蔵小屋は、歴史も古く、まさに老舗《しにせ》的な風格をもった存在だ。小屋の周囲も、きちんと掃除がゆきとどき、まことに清潔だ。小屋に常住しているという現在の主人も、また先代と同じく尾瀬を愛し、沼とともに生きる人にちがいない。

小屋を一歩ではずれると歩道はまったくひどい。湿地はやむをえないとしても、林の中の歩道は、溝の中をどろんこになって歩くようなものだ。林の中のどろんこ道がすんで、目前が明るくひらけたと思うと、尾瀬ガ原の湿地帯が、広々とひろが

っていて、そこに檜枝岐小屋と弥四郎小屋とが、前後して建っている。二軒とも山村の普通の住居を移し建てたようなもので、山小屋らしさはみじんもなく、ただ、雑然と建っている。小屋の周囲も乱雑で不潔な感じだ。

　普通の民家を移したような建て方でも、少しはなれた林の中に建つ温泉小屋は、暖かそうな草屋根に障子戸が明るく、つつましやかに、落着きのある構えの小屋で、眺めていても感じがよい。

　足下を水びたしにして、湿原の植物を踏み進む途中にある竜宮小屋は、細長い箱を立てたような建物で見苦しい。ことに竜宮という地名もきらびやかで、だれ

もが興味をもつ場所だけに目ざわりな小屋だ。小屋の名物だと自慢にする風呂桶は、大木をくりぬいたものだといい、登山者もそれに興味をもつようだが、どうも悪趣味のようだ。
浮島などのある湿地帯をなおも進むと、至仏山の山すその林の中に、山の鼻小屋が建っている。草ぶきの長屋ふうなものは最初のもので、つぎつぎと建て増して、その一部分は、三階建てになっていて、なかなか繁昌しているらしい。が、やはり普通の建て方で、それはまるで、農家が山中にぽつんと一軒建っている、という感じの山小屋だ。

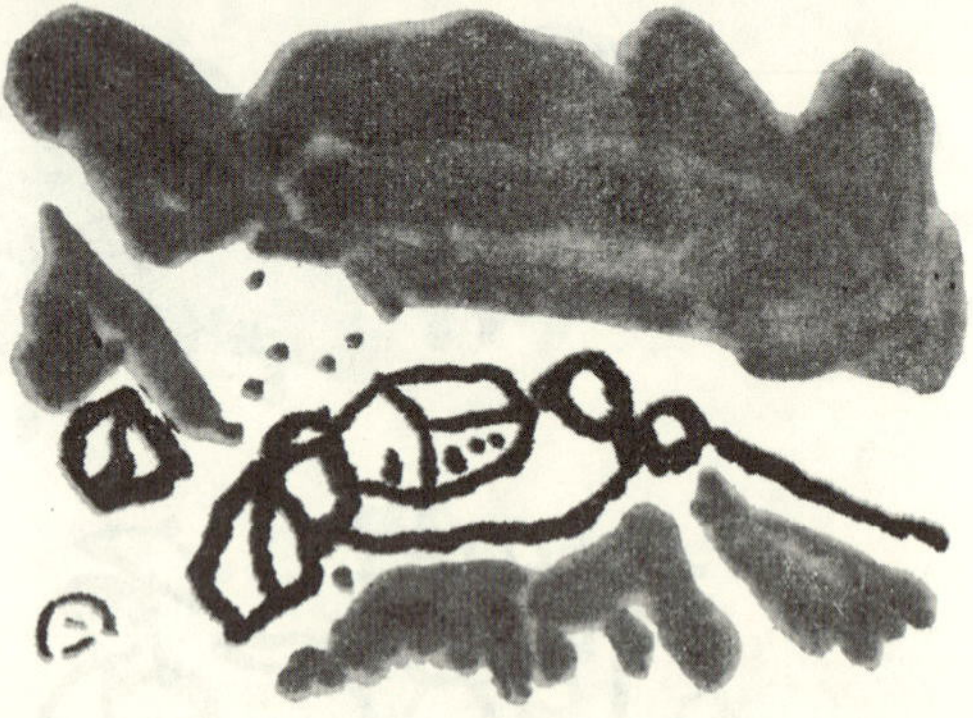

涸沢

何年か前だった。多勢の人に連れられて、穂高小屋から涸沢へ下ったことがあった。老体のわたしは、十幾日の縦走で、もうくたくたにくたびれていた。連れの人たちにはぐれまいと、気はあせるのだが、身体がいうことをきかず、連れの人たちが、気をもむほどわたしの足ははかどらなかった。

三方岩壁のような山々にかこまれて、圏谷涸沢が、万年雪にうずまって、ねむるように静まりかえっているのが、下る行く手に見おろせた。

涸沢を中心にして、三方から出ているいくつもの雪渓で、夏スキーを楽しんでいる人の姿が、豆つぶほどに小さく見えた。

わたしたちの下るかたわらの雪渓も、一直線に涸沢へ落ちこんでいた。その雪渓を連れの一人が、見事な姿勢でグリセードした。その見事さに、連れの一同は拍手喝采《かっさい》した。

下の方には、雪面にいくつも岩石が頭を出していた。

そのときだった。どうしたはずみか、その男は二、三度もんどりうって、転んだまますべり落ちていった。一同がはっと息をのんだとたんには、その男はもうぴたりと岩石のそばで止まっていた。うまくピッケルをきかしたものらしい。一同は、その見事さにほっとして、こんどは、よろこびの拍手を送った。

きけばその男は、スキーの選手でもあり、そんなことは、朝めし前のことだそうで、なるほどとわたしはひとり感心した。

大地の底涸沢には、もう夕もやがたちこめ、雪の上を晩飯の仕度《したく》に水くみに行く男や、夏スキーの楽しさを終えて小屋や天幕へ帰る山男の姿が、なにかこう夢のように眺められた。

大地の底から見上げると、空はまだ明るく、岩

角の尾根すじを縦走をやってか、岩場をかせいでか、元気な山男たちが、さっそうと涸沢めがけて、下ってくるのが見えた。

涸沢の氷河圏谷を、はじめて発見したという人が、日本にもこんないいところがあったのかと、驚いたという話をきかされたことがあったが、なるほどと思った。

外国の山のことは知らないが、あるいは、日本ばなれしたところだという表現が、一番よくあてはまるような感じのところだ。

槍ガ岳肩の小屋

西日が、西鎌尾根をたどるわたしたちの足下を弱々しく照らしていた。槍のてっぺんが、頭の上にのしかかっている近さなのに、歩いても、歩いても、なかなか近づかなかった。どうも、これは距離があるのではなく、わたしの足が思うように進まぬのが、ほんとうのようであった。

いまは、槍ガ岳山荘といっていると聞くが、その山荘へやっとたどりついたときは、すっかり日も暮れて、闇《やみ》の中をすかして見ると、槍のてっぺんが、闇の大空に眺められた。

小屋の前の暗がりで、若い男女の登山者が花火を楽しんでいた。わたしは、その花火が、パッと明るくあたりを照らし出したとたんに、東京の家のことが、ふっと頭に浮かんだ。

小屋はもうすでに満員のようで、まだ宿泊券を入手しない登山者で土間は混雑していた。わたしは、その大がかりな小屋の設備や混雑さに、度ぎもをぬかれた形で、しばらく、ぽかんとたちすくんでいるよりほかなかった。

そのときだった。小屋の若者が、地下足袋で、ザイルを肩に懐中電燈をパッと照らして、身も軽々と闇のそとへ飛び出して行った。

わたしたちが、西鎌尾根をたどっているとき、千丈沢のツメの急なガレ場に女をまじえた四、五人の登山者がうずくまり、わたしたちに向かって、手ぶりで、登り道をきいたので、わたしたちもまた手まねで、わたしたちのいる西鎌尾根へ出るようにと、合図をしてきたのであったが、そのうちのだれかが、とうとう近くまできてへたばってしまい、その人たちをつれに若者が飛び出して行ったのだとわかった。

小屋の食堂は、都会の安食堂よりずっと気のきいたもので、どのテーブルにも、先客がへばりつき、さかんに食器の音をたてていた。

日焼けした男の顔、若い娘さん、まったく食堂は混雑していた。その混雑に恐れをなしたわたしは、片すみにちぢこまってしまった。

夕食は、ここもまたライス・カレーで、それに塩抜きをした尾頭付きの煮魚だった。気のきいた山小屋は、どうもライス・カレーを食わすのを得意にしているらしいが、三千メートルの山上で尾頭付きの海の魚が食えようとは思いもよらず、これはまったく恐れいったものであった。

わたしたち二、三人は、中二階ともベッドともつかぬせまい部屋へ入れられた。すでに三人も四人も寝こんでいる。その人たちの迷惑そうなため息を聞きながら、割りこんだが、横になったら、横になりっぱなしで、身動きもできなかった。それでも疲れているので、けっこう朝まで眠り続けたようであった。

大菩薩峠の宿

小説の『大菩薩峠』につられて登ったわけでもなかったが、戦争前にただ一人、大菩薩峠に登って、やたらに、あちこちとくぐりぬけたことがあった。

わたしは、大菩薩に登る前夜、雲峰寺に一人がらんとした大広間に泊っているから、たぶん東京を朝だちしたものらしい。なんでも、そのときは、寺の下の鉱泉宿へ泊るつもりであったが、わたしの風《ふう》

体《てい》がわるかったのか、それとも一人ぐらいの客では、宿の都合がわるかったのか、雲峰寺へ行きなさいと断られたのをいまだに覚えている。

急な坂道を汗をふきふき登り、やっと平坦な道に出て、ほっとした気持で歩いていると、勝縁荘の前へぽっかりと出た。はじめの予定では、天幕を張るつもりだったが、目の前にこぎれいな山小屋を見ては、ついふらふらとはいりこんでしまい、泊ることにきめた。いま思うと、そんなところにも、

わたしのだらしない性格が出ていたのだなと思う。

小屋の中は、農家の住居よりずっときれいで、きちんと物もかたづけてあったようである。

居間にかけてある、勝縁荘という扁《へん》額《がく》の文字は、小説『大菩薩峠』の著者が、登山した折に記念に書いたものだと、小屋の主人は、自慢気に話してくれた。

夕方近く登ってきた三人の若者は、小屋の前の草地に天幕を張って、泊るのだと勇んでいたが、夜中になってどしゃぶりの雨になった。

わたしはふとんの中で、その三人の若者のことを思っていると、大雨では降参だと、ほうほうのていで小屋へ避難してきた。

わたしは、天幕を張らなくてよかったと思うと、いつのまにか寝込んでしまった。


小屋の近くに掘立小屋のような建物があって、もう長いこと、若い修行僧が借りて、ただ一人住んでいた。

昼間は里へくだって、托鉢《たくはつ》をするのだそうだ。

その若い修行僧が、七ツ道具をもたない弁慶のようないでたちで、片手に小さな鉄鍋をさげて、勝縁荘の台所へぶらりとはいってきた風体は、異様なもので、わたしはぎょっとした。

若い修行僧は、山の名が宗教的なものだから、特に、大菩薩の山を慕って登っているともきいた。

野宿の旅

支那事変のまっさい中のことだから、だいぶ古いことになるが、わたしは伊予の西条を振出しに、瓶ガ森山へ登り、石鎚山を経て、天幕を張って野宿しながら、野越え山越え川を渡って、伊予も南の方の八幡浜まで歩いたことがあった。苦労もしたが、思い出は、それぞれに、きのうきょうのように、そのときのことが、つぎつぎと思い出される。

西条の街で食糧などを買いこみ、絵の道具、野営用具、とザックは小づくりなわたしのからだよりもふくらみ、ずっしりと重かった。

西条の駅前の宿屋にひと晩泊った。翌日早朝、西条の石鎚神社の境内に住む郷土史家で、石鎚山を長年登山、研究している友人を訪ねた。

突然で、早朝のわたしの訪問に、いささか面食らった形の友人に、わたしはつぎつぎと瓶ガ森山の登山路や泊り場をたずね、教えてもらった。

瓶ガ森山への登山口、名古瀬谷の西之川山の村までは立派な道路があり、トラック便もあるそうだが、わたしは小松という町へ出て、そこから綱付山の東側を捲いて坂を越し、トラック道へ下った。

綱付山の山中には、一軒家の茶店があって、わたしはそこで昼飯を食ったように覚えている。茶店は行く手はるかの山上にある霊場八十八カ所の一つの横峰寺への参拝者や、遍路さんの休み場に利用されていたのであった。

当時は、戦勝祈願に出征軍人の武運長久祈願にと村人が連日茶店の前を通ったのである。わたしも登る道々、祈願をすまして下る村人や幾人もの遍路さんに会った。

八百メートルほどの山上の老杉にかこまれて、横峰寺はまるで眠ったように静まりかえって建っており、山上の風雪にさらされて、どことなく湿っぽくて、ものさびしかった。

寺のすぐ下の南に面した日当りのいい、ささやかな斜面を耕して生活している四、五軒の民家があった。寺が栄えた当時は、寺によって生活していたものか、よくこんな山上に住みついたものだと不思議に思った。

先祖から受けついだ土地が捨てられないのか、それとも生れた土地に愛着をもって離れられな

いのか、その人々が、えいえいとして日夜山畑と取組んでいる姿を想像して、わたしは、むしろ頭のさがる思いがした。

登る途中で会った老人は、棒につるした一升徳利を肩にして、すたすたと山を下って行ったが、たぶん晩酌用の酒を買いに里へ下ったものだろう。馬鹿に足どりが元気であった。

横峰寺の裏山を少し登ると、そこが、石鎚山への登山口の泊り場、河口や黒河へ通じる峠で、峠からは、急な坂道を一気に下るのだ。

峠には有名な金《かね》の鳥居が建っていた。峠からは、石鎚山を正面よりやや横に眺めるのであるが、山腹は雨雲にすっぽりとおおわれて、岩かべの頂上近くだけが眺められた。

この旅より四、五年もあとになって、わたしはふたたび一月の真冬に、この峠を越したことがあったが、雪をかぶった石鎚のきびしい山容を眺めて、そのすばらしさにきもをつぶしたことがあった。石鎚講の登山者が、絶景だというが、そのとおりで、峠から眺める石鎚山は、まさに絶景という言葉が一番よくあてはまるようだ。だから、峠へ金の鳥居などを建てて、石鎚神社の方でも、峠を遙拝所として、神聖な場所にしているのであろう。

峠からの下り坂は、常識では考えられないひどい坂道で、うすく平べったい緑色の石を積み重ねて段々を作り、それを一歩一歩下るのである。

峠近くには、少しの平地を作って、七、八軒の民家が建っていた。家の周囲には、桑などが植わっていたように覚えている。

こうした、まったくの山上の村で一番困るのは病人だそうだ。登山口の河口にも、黒河村にも医者はいないので、二里も三里もはるか下の村から迎えるのだそうだが、その医者も山の上まで登ってくれないので、どんな重体の病人でも、村の人々が登山口の河口まで、かつぎおろすのだそうだが、たいていの病人は、村についたときは、もうすでにこときれているのだそうである。

うそかまことかしらないが、そうしてこときれた死人の耳元で、ひとにぎりの米を入れた竹筒を振って米の音をたてると、ふたたび息を吹きかえすなどと言い伝えられているが、一粒の米もとれない山中の人々が、米飯にかつえているという、からかいから言い伝えられたものであろう。それにしても、そうした言い伝えは、心なしでは聞いていられない問題だ。しかし現在は、こうした山中にも電話もひかれ、登山口までは、バスなども通っているようだ。

雨にぬれて、西之川山の村についたときは、すっかり暗くなっていた。

地図の上での知識によると、この一帯を名古瀬谷というらしい。一里たらずの東の谷奥に、東之川山の村がある。加茂川最奥の村だ。

住友の鉱山があるので、西之川山には二、三軒の店もあって、ちょっとした街の気分もするところだ。近くの山のあちこちに社宅があるので、ここが中心になって

いるのかもしれない。

紹介の名刺をもらっていた人の家は、谷川にのぞんで建てられた家で、店にはいってみると、相当に古い建物で、雑貨屋であり、宿屋でもあった。石油ランプほどの明るさの電燈を背にして、娘さんが出てきた。ぬれたシートを着たままのわたしの姿を見てわたしがまだ泊りのことを口に出さないのに、娘さんは、宿の方は休んでいてお客を泊めないのだといった。わたしは、すっかり腰くだけの格好で、紹介の名刺を出す勇気がなくなり、その店を出た。

娘さんは、どうも風体のわるいわたしを乞食遍路ぐらいに見たてたようだった。これまでも、こうしたことには度々《たびたび》あっているので、別にそのことには悲観はしなかったが、雨の降る暗闇の中へ、天幕を張らねばならんと思うと、むしょうに頼りないようなさびしさが胸をしめつけた。

ナショナル・ランプの光をたよりに、やっと渡れるような板橋を渡ったり、住友鉱山の社宅の間をぬけたりして、ようやく、はるか上のトロ道に出た。

天幕を張る場所も探しようがない。わたしは、トロ道のレールの中央に、手さぐりで天幕を張った。

シートをひろげて横になったが、土地の水気がシートを通し、からだまで湿って、とても寝られたものではなかった。ふたたび、わたしは、雨の中へ出て暗闇の中で雑草や小枝を集めてシートの下に敷きつめ、水気の上るのをふせいだ。

眠られないので、物をつつんできた古新聞をローソクの光でたんねんに読んでいると、天幕に近づく物の気配を感じて、気の小さいわたしは、とっさに脳がジーンとしびれ、動悸《どうき》が高鳴った。

天幕に近づいた物のけはいは、天幕の中をぱっと明るく照らしたと思うと、さっと身をひるがえして、天幕から遠ざかって行ったようだった。

思わぬ場所に、ぽっかりとあかりがともったのを不思議に思って、社宅の人が、見回りにやってきたものらしい。しばらくたって、わたしは、そうだろうとひとりぎめした。

登山と読書

ヒマラヤに通ずる極地法などというきびしい登山や、また、重いザックをかついで、連嶺を縦走する山男的登山にしても、そうした登山では体力の消耗がひどく、本など読む心の余裕はないと思う。

風雨にあい、山小屋で休養することがあっても、周囲の環境が、本を読むには不向きなようである。わたしならば、本の分量だけ山に必要なものをかつぐことにする。

しかし、時間の余裕もあって、高原などをぶらつく登山の場合などは、草原にねそべって、本など読めば楽しいだろうと思っている。

年齢のせいかもしれないが、わたしなども最近そうした肩のこらない、楽しい登山をしてみたいものだと思うようになった。

雨の塔ガ岳

山靴をぬいだ素足が、むずむずする。飲んでいた湯呑みを鉄板で作った大きなストーブの上において、かがみこんでみると、小さいノミがいっぴき、素足をはい登っていた。

そとは、ものすごい霧が風とともに舞い狂い、雨も降り続いていた。霧の中で人声が聞えていた。と思ったら、三人の青年が、雨にぬれてはいってきた。肩のザイルはぬれて、かたくこわばっていた。足裏からはみ出したどろんこのわらじは、ひどく痛んでいて、沢を詰めたのだなと一見してそれとわかる姿であった。

昨夜、おそくなって大倉山の家へ下ってきた一人の登山者が、岩から落ちた遭難者の死体収容を手伝っていておそくなった、と語っているのをわたしは寝床の中できいたが、三人の青年も小屋番とその話をはじめた。

ストーブに暖まりながら、飯を食い終ると元気な青年は、ふたたび身仕度をして、小雨の降る霧と風の中へ出て行った。わたしも三人の青年のあとについてそとへ出てみた。

　頂上だけが明るくて、あたりは深い霧の渦巻で、雨は霧につつまれた谷間から風といっしょに吹き上げていた。すかしてみると、石の祠も指導標も、霧の中で雑草といっしょに踊っているようであった。小屋は、あたりの老樹の枝に吹きつけるうなり風の中で、影絵のように不気味に建っていた。

　飛ぶように大倉尾根へと下って行った三人の話す大声が、霧の中から聞こえていた。わたしも登りながら、幾度もすべり転んだが、三人もこの雨では、どんなにかすべり転ぶことだろうと思うと、おかしさがひとりでにこみあげた。

　所在なさに、わたしは小屋の二階で毛布にくるまって横になった。きのう一日「渋沢丘陵」を歩き回り、昨夜「大倉山の家」に泊って、雨だれの音にふと目がさめた。遭難者の話を耳にした。それからは目がさえてよく眠

れなかった。わたしは、きょう一日睡眠不足に悩まされていたものだから、ぐっすりと眠りこんだようだ。

土間でさわがしい男女の声がして目がさめた。三、四人の登山者が、山を下る別れの言葉を小屋番と交しているところであった。日暮れに近い窓のそとをのぞくと、まだ雨と風と霧はやんでいなかった。小屋の裏手の森林をさわがす強い風はうなっていた。小屋の木組がかすかにきしむように思えた。

わたしは小屋番に「暴風だな？」と二階から声をかけると「なァに、そうでもありません。少しの風でも頂上はこうなんです」といい返した。わたしは、あすの天気を気にしながら横になったままでいた。眠ったかと思うとさめ、さめたかと思うと眠った。夜の明けるのが待ち遠しかった。

翌日も、雨と風と霧が頂上を舞い狂っていた。

わたしは雨の降る原始林の中の細道を水場へと下って行った。風にゆれる大木の枝から、大粒の雫《しずく》がさかんに顔に当った。

いくども転んで、水場に降りつくと、そこはせまい平地で弁当がらや新聞紙がきたなく雨にたたかれていた。

トリカブトの花が咲いている雑草の中の岩角から、清水が、ちょろちょろと流れ出ていた。コップに受けて、わたしは顔を洗った。雨もやまない、風もおさまらぬ。わたしは、もう頂上の小屋をたつことにした。十二時前であった。

表尾根を歩いて、蓑毛へ出て、最終のバスならゆっくりであるという小屋番の声をあとにして、雨と風と霧の中へ出た。

思慕する山

列車が八ガ岳の裾をえんやらえんやらとあえぎながら登るとき、わたしは、いつのときでも一度は南アへはいりたいものだと思う。

南アの特異な山容、深い原始の樹林、それを想像して、その魅力にわたしは限りないあこがれをもち続けている。

小淵沢の上の方の小泉あたりから眺めると、駒ガ岳と鳳凰山塊との中間の窪みに、ちょこなんと角度のある山が頭をちょっぴりのぞかせてい

て、それがとても印象的である。
その山の名を教わったようだが、物覚えのわるいわたしは、もうすっかり忘れていた。また、そうした記録的なことに熱心でなく、無精者だから、あらためて調べるようなこともしていないのだが、南アの中心部の山に近いものだろうと思っている。
雪のあるころだったが、伊那谷の友人を訪ねるのに、守屋山を越したことがあった。山行の準備が、少々不充分であったので、守屋山の頂上にたどりつくのに、時間がかかり、昼飯の弁当は食ってしまっていたため、ひどく腹がすき弱ったことがある。

入笠山あたりが、高原状に見えて、その向うは暗く、吹雪いているようだった。すきっ腹がたまらなくなった。友人の子供にと用意していた菓子を、ルックザックから取り出して食っているときだった。吹雪いていた南の空が、さっと開いて、そのすきまから、鋭い角度の山が二つも見えた。

駒ガ岳、仙丈ガ岳あたりだろうか、そのときは、あまりの空腹で地図を取り出して調べてみるほどの気力もなく、先をいそいで雪の守屋山を伊那谷へ下ったのだが、もう少し調べておいたら、といまにして残念に思っている。

伊予地の冬山

ある人を訪ねて松山へ行ったときのことで、もちろん戦争前の古い話である。その人は旅行中であった。その人に直接会わぬことには話のつかぬ用事であったので、非常にがっかりしたのであるが、街の宿でその人の帰りを二日も三日も待つには、ふところ工合が大変悪かったので、いっそ街からも雪をかぶってどっしりと東の方に丸味を見せている山、皿ガ嶺にでも登ってこようという気になり、そのまま松山の街をあとにした。

松並木で有名な石手川を渡ると土佐街道は海の小砂利を敷きつめ、すべすべとしていて手でさわってみたいような気持のよい道であった。平野の向うの山際までこの道は一直線で、全国でも珍しいほどの軽便鉄道が道とすれすれに走っていて、まことに小型の二台ばかりの箱をひいて、機関車は勇ましく煙りをはいて南へ走ったかと思うと、すぐ引返してきた。わたしは、その列車を二度も三度も見送り見送られながら南を指して歩いた。

この鉄道は日本でも二番目ぐらいの古さであるらしく、明治十九年に鉄道敷設の許可があり、二十一年十月二十八日開業となっている。その後改善を加えたにしても、まだわたしの歩いた当時の機関車は創業の折にドイツからきたものであった。手もとにある写真をいま見ると、客車などは窓が四つあって、実に珍しいものである。

南の国四国といっても四国山脈をはさんで、南の土佐は年中霜を見ぬところさえあり、北の東予地方は一帯に寒く、職業とする四国遍路は冬は土佐を、夏は伊予地を歩くというほどである。一直線の土佐街道も歩く人とてなく、だだっぴろい平野の冷たいからっ風が吹きまくっていた。ときたま土佐と伊予を山脈を乗り越えて結ぶ、当時の省営バスの大型のものが気持よく走り去るぐらいのものであった。平野の中央を流れる重信川は河原ばかり広く、水流はほとんどなく、その河原では砂利を採集する人々が焚火して暖をとっていた。

古くから乳白色の美しい花器用の水盤を作る窯で知られた、砥部《とべ》の町へ回り道して一泊したので、先月来の汽車の疲れは回復した。土佐街道も平野

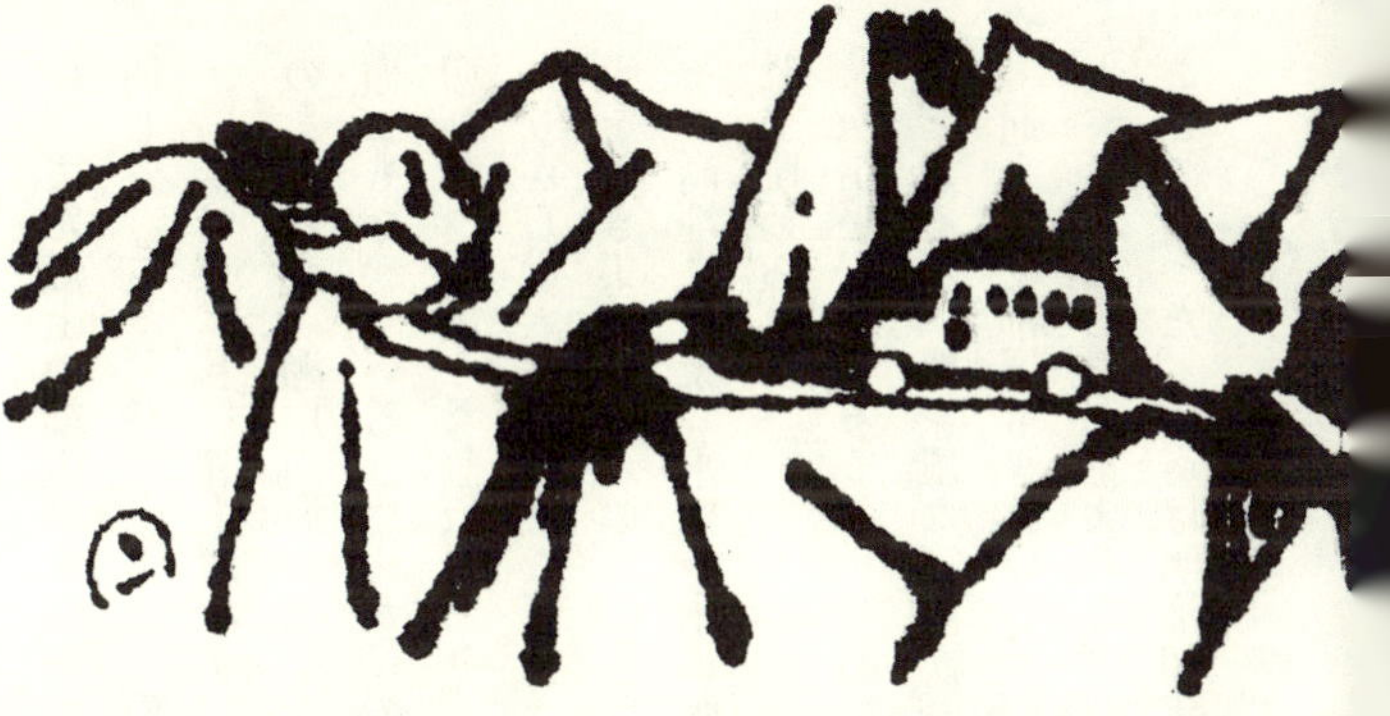

を離れると山にかかり、南面の山腹を歩くかと思えば尾根へ出て北面の山腹を縫っている。南の陽を受けて歩くのは、ぽかぽかと歌でも口ずさみたくなるほど暖かであった。北面の山腹の道は山の根方には電柱のように幾本もの氷柱がたれさがり、道もこちこちにいてついており、見おろす谷は深く切れこみ、ここかしこに山腹のささやかな土地を耕して住んでいる村が眺められた。

ふりかえると松山平野、瀬戸内海の島々はひと目であり、平野の中央を流れる重信川は、河原ばかりが白々と横たわっていた。

歩いている街道のまた上の山腹にも、村があるとみえて、道下の葉を巻いて針のように鋭い形となった雑草の中の細道から学童が五、六人どやどやと出てきたと思ったら、さっと駈けあがるように、また道上の細道の木立ちの中に姿を消した。「七一九メートル」の地点を境として、道は下り気味になり、また、このあたりが、瀬戸内海と太平洋との分水嶺ともなっていると思えた。松山の側は切り立ったような急坂であり、ここらあたりからは太平洋へとなだらかに谷々の水をかき集めているので、もう三坂峠のその高地にさえ、水田が氷に張りつめられて眺められた。

松山平野へ下ろうとする旧道の分れ道のところに、農家風な宿屋が一軒あった。

通された部屋もきれいに片づいていて建具などから想像しても旧家であると思えた。それにわたしをよろこばしたのは頭上の一隅に鉄斎の横額が、掲げられていたことであった。鉄斎は明治初年ごろか、とにかく砥部の町で三カ月も遊んだという

ことであり、作品も残っているに違いなく、砥部の近くではあり、眺望のいいこの峠へ、あるいは登ったかも知れぬしと思うと、この寒村の一軒の旅人宿で、一大天才画人の作品の下で寝る今夜の泊りはうれしいものであった。

からっと晴れた山村の朝は霜で真っ白であった。街道と分れて霜道を小さな流れに沿って登ると、五、六軒の農家が南の陽を受けてぬくぬくとたち並んでいた。畑や農家の横を通りぬけてぐんぐん登ってゆくと、身丈のひくい落葉樹の中を細々と道は登っていて、ようやく雪もあるようになった。わたしは、冬山へ登る仕度もしていなかったので、ここで雪の中を歩くのに都合のいいような身仕度をした。

頂上近い尾根道は雪で埋まり、なんとなくのびのびとした道を進んで「一二七一メートル」の頂上へ達した。眺望のよさはすでにきいていたが、これはまたすばらしい八方への眺望にわたしは吹く寒風の中に立ちつくした。雪の一塊となって雲上に浮ぶ石鎚山、白一色に包まれた雪の大野ガ原、松山の市街は城山を抱くように冬日にかわらを光らせており、平野をとりまく山の数々、その後方の紺碧に並ぶ瀬戸内海の島々、嶺という名にそむかぬ山上に立ったことは、いまもなお真新しい、きのうのように思い出す。

戸隠山

参道の茶屋の婆さんが、わらじでないと登れんといった。買ったわらじは、腰でぶらんぶらんとしていた。奥社の登り道は、巨木が繁り合ってほの暗かった。行者ニンニクが青い葉をまだつけて点々と見られた。

アリの戸渡りの難所では、谷底を見つめていきもを冷やした。馬の背に乗った格好で、手と足を使い分けてやっと渡り終った。岩角の鎖場のせまい草地で休んだ。見渡すかぎり紅葉していた。その紅葉の中に、点々と緑の樹が散らかっていて、ひときわ緑もさえ、モミジは燃えさかっていた。

なま枯れの草むらにまざって、すでに枯れ切ったキバナノアツモリ草の群落があった。一本土から掘りとってみると、縦横に張った紐根《ひもね》の要所には、春のための白の芽が用意されていた。

八方睨《にら》みの岩上で昼飯を食った。北アルプスは長々と延びて輝いていた。裾花川の深い谷底を見おろすとモミジはまだ半ば、高度が増すにつれモミジはさかんで、高妻、乙妻の頂上はもう裸木かと思われた。季節の移り替りを一瞬に眺める思いであった。

だれもがここで一休みするらしく、新聞と空カンが散乱していた。靴先で蹴った空カンは、音をたてて見事に繁みの中へ飛びこんだ。いまにも崩れ落ちそうな崖ぶちを歩いた。道もないような繁みへ出た。白樺の木立ちのある越水原を見おろして、その向うには丸やかに育ったという感じの飯縄《いいづな》山

がどっかと坐っていた。黒姫山は頂上に形の変化があって、わたしは急に描きたくなった。
一不動についたときは、ほっとした。一不動から牧場をめがけて下るガラガラの石ころ道は、疲れている足では、苦労な下りであった。下りついたあたりは、すくすくとのびたシラカバで、林の中の細道を歩いていると、ほのぼのとした明るい気持になった。
ふりかえると、戸隠山は

一つ一つの山ひだもわからぬように、すでに夕暮れの逆光の中にあった。小川を渡ると牧場小屋があった。わたしはその小屋を宿にするつもりであったが、入口も窓もクギづけになっていて、はいることができなかった。あすは柏原へ下る予定だから、中社の宿まで引返すこともいやだった。

小川の砂地へ野宿することにした。枯木を集めた。ささやかな夕飯は、さかんに燃える焚火のあかりで食った。万一のときの用意にもってきたシートでおおいを作り、その一部分を砂地へひろげて身を横たえることにした。きょう一日を錦繍の美に酔わされた山また山は、すでに暗闇の中に包まれて、めらめらと燃え続ける焚火の明るさの中に近くの樹々のさまざまな形の影が、不気味にゆれて見えた。わたしは頭からすっぽりと毛布をひっかむって目をつむった。

新雪の杖突峠

昨夜おそく、わたしは杖突峠の茶屋にたどりつき、泊めてもらった。一人の青年が泊っていたが、茶屋のおかみさんとの対話の様子では、なじみ客らしく、伊那谷へリンゴの商いに行く途中のようであった。

かまどのたき落しを、どっさり入れた炬燵《こたつ》に寝かされた。炬燵は、当座は汗が出るほどの暖かさで、そのままわたしはぐっすりと寝こんだようであった。

足下が冷えてきて目が冷めた。ふとんの中が、なんとなくスースーとして寒い。炬燵の火がすっかり消えてしまったのであった。半身乗出して窓のそとを見ると、何一つ見えぬ暗闇だ。寒くて寝つかれず、ますます目がさえてきて、わたしは頭を上げて、窓のそとの夜明けのけはいを待ちわびた。

よどんだ古い沼のような空が徐々に明るみを増して、深い緑色を帯びてきた。眺めていると八ガ岳の峰々の穂先が、ほんのりと紅をさしたように赤味を帯びてきた。

富士見高原も蓼科の山麓も、一切がまだ真の暗闇である。峰々の穂先だけが、くっきりと浮かび上っている眺めは、美しいと一口にいいつくせるものでなかった。この神々しいまでに静寂な景観も、そう長くは続かなかった。空に太陽のけはいが増していた山裾一帯も明け染めると、赤味を帯びていた山々は、新雪におおわれて白一色の山肌を青空にさらけ出した。はじめて触れる自然の神秘な現象から、やっと自分をとりもどしたころには、山裾一帯は乳白色の朝靄で埋まり、八ガ岳連峰は雲海の上に、ぽっかりと浮かんでいた。

おそい朝飯をすますと、わたしは茶屋をたった。

わたしは雪の守屋山へ登り、そのまま伊那谷へ下り、友人を訪ねる旅であった。道は、自動車の車輪が二条の深い溝をつくり、それがそのまま固く凍りついていて、よくすべるので歩きにくかった。

茶屋の飼犬が、道案内をでもするように勇んでわたしの先を駆けて行った。ちょうど、峠の分水嶺近くで出合っている旧道を、行商人ふうの男が薄く積った雪道を身軽く登ってきた。と思うと、そのまま伊那谷の方へ歩き去った。

ふりかえって見ると、さきほどたった茶屋が、薄い煙を漂わして山の端に静かに立っていた。

とげとげしい八ガ岳連峰、雪煙りを上げている霧ガ峰、端正な姿の蓼科山、それぞれが白一色におおわれ、さえぎるものもないかなたに寒々と眺められた。

雪の山村

何年か前の正月に、信州の麻績《おみ》に住む知人を訪ねたことがあった。そこはちょうど、冠着山《かむりき》（姨捨山《おばすて》）が前方に眺められ、背後には聖《ひじり》山が、その名にそむかず清浄そのもののように全山雪につつまれて連なっていた。麻績村一帯は、やや盆地状になっていて、犀《さい》川の支流、麻績川が中央を流れ、水田は一面の雪野原、いいようのない底冷えのする土地であった。

わたしの訪ねた知人の家は、麻績駅の近くの道路に沿って建っていた。知人は、このあたりの旦那で通る人で、その屋敷も広大なものであり、屋敷は黒板べいにとりかこまれていた。家の前の道路は、雪がそのまま凍りつき、からだの調子をとって村人たちは歩いていた。屋敷内の庭は、吹きだまった雪で埋まり、四国の山村に育ったわたしには、しいんと身ぶるいをする冷たさであった。

当主は、手漉《てすき》の和紙を近在の農家に、農閑期を利用して漉かしたり、そうした副業的な事業の指導者でもあった。一冬を、炬燵の中で暮すほど寒冷の地であるのに、村の家々は、耐寒建築にできていない。炬燵にはいっていても、足だけは暖かいが、背中はぞくぞくする寒さだった。

食膳の凍ったなっぱのつけものは、その冷たいのを、音をたててバリッと食うのがうまいのだそうだが、わたしは食通でないから、その冷たさの味がわからず、ひどく歯にしみて悩まされた。

炬燵に暖まり、お茶を飲み、冷たいなっぱのつけものをかじりながら、つぎつぎとわく農村の副業指導がなかなか自慢で、ついにわたしは、紙漉の一番さかんだという部落へ連れて行かれることになった。

聖山南麓の斜面にひろがる日向村の紙漉部落への雪道を、わたしたちは雪をこぐようにして登った。白のカーテンを張ったように、聖山がぐっと目の前にせまったころ、南の陽を受けて、重なり合って建つ、見るからに寒村、紙漉部落の家の庭

に登りついた。豆柿の木には、しみて黒く固まったのが、まだいっぱいついていた。落ちている一つをつまんで食ってみたら、ねっとりとした甘さであった。寒さを防ぐためか、部落の家は、ほとんど一戸建てで、一つ屋根の下に居間、納屋、紙漉場、厩《うまや》がある。天井も柱も、煤煙で黒光りがしていた。炉端《ろばた》で雪道にぬれた足下をかわかしながら、手をかざして暖まった。部落のうちでも裕福そうな、この家の主人は、麻績の旦那がござら

したというので、妻君を励ましながら、自分もそれぞれと立ちふるまっていた。

山上の部落だから、荷運びは馬を利用している。馬は大切な家族の一員だ。わたしたちの暖まっているいろりとは、一間と離れぬ近さに向かい合って厩があった。かんぬきから首を出した馬が、お茶を飲んでいるわたしたちの方をしげしげと眺めていた。と思ったら音を立てて放尿した。しぶきがかからぬかと驚いて厩をのぞきこむと、ほのかに湯気が立ちのぼっていた。

牧水紀行の中にも、こんな場面があるので、わたしは、その紀行文を思い出した。冬だからいいようなものの、夏ともなれば、臭気の中で飛び回るハエをおっぱらいながら、馬といっしょに食事をすることだろう、家族の人たちのことが想像されて、ちょっといやな気持になった。

麻績の旦那とわたしのために、心づくしのごちそうができた。日当りのいい別室で炬燵に暖まりながら、進められるままにごちそうを食った。信州行きにと、とくに塩のきいた塩鮭の切身で、味をつけた手打うどんは、めっぽう塩辛かった。客をもてなすのに、手打うどんに塩鮭の味つけは、このへんでの大のごちそうだと、知人がそっと耳打ちをした。

八ガ岳山麓

小淵沢の駅へ降りたときは、すっかりあたりは暗かった。駅前の店屋の軒下には、雪が残っていて、ほの白く暗闇の中に目だっていた。寒気がひしひしと身にこたえた。改札口を出てくる担ぎ屋ふうの男に、安い宿屋はないかとわたしは聞いた。

自分も宿屋のある方へ行くのだといって、その男は、暗い駅前の道を歩き出した。わたしはその男について歩いた。駅の灯も届かない凹凸に凍りついた道は、暗くて歩きにくかった。

店屋は雨戸をしめていて、街灯もなく街路の家並がわからない。歩く自分の鋲《びょう》靴《ぐつ》の足音だけが、静かな街路の物音であった。背中の重いザックを気にしながら、足下のわからない凍った道をすべらないようにと、からだの調子をとりながら歩いた。

その男は勝手を知った土地とみえて、しばらく歩いたと思ったら、ひょいと飛び降りた。

そこはいま歩いている道が、右に急に曲って下の道に通じているのを、近道をするために石段を降りるようになっていた。わたしは上の道と下の道との高さがわからないので、その石段を一つ一つ踏んで降り、まだ石段があると思って、足を踏みおろしたら、もうそこは下の道で、足踏みした足下に力があまってひょろついた。

家並はひっそりとしていた。街灯もない街路を左へ進むと、一軒だけ雨戸をしめずにいる店が、そこだけ街路を明るく照らしていた。その明るい街路に二人が照らし出されると、先を歩く男は、首をしゃくって、ここが宿屋だといって、わたしの顔や風体をしげしげと眺めた。そしてわたしの「ありがとう」という声といっしょに背中のザックを心もちゆすって、ふたたびその男は暗い街路を歩いて行った。

締切った店の障子にはめたガラスをとおして、炬燵に暖まっている、店の家族の人々の姿がのぞかれた。泊り客とわかって、年の若いおかみさんが、障子をあけてのっそりと出てきた。奥へ向かって声をかけると、女中さんであろう小娘が出てきた。わたしの重いザックをもちあげようとしたので、わたしは重いからといって、自分でもって小娘のあとについた。急な階段を登りながら、駒ガ岳の見える部屋へとたのんだ。はいった部屋は、六畳の間であった。小娘は、窓に寄って行った。防寒のためか、小さく洋風にできているガラス戸をあけると、ここからよく見えるのだといって、闇の中へ手を延ばし、外側にある雨戸を引いて、ぴたりと締めた。

泊り客もないのか、どの部

屋もひっそりとしていた。奥まった湯殿へ通う廊下は、冷えきっていて、爪立って歩く足の先へ、板の冷たさが氷のように伝わった。湯から出て部屋にもどると、切り炬燵には炭火がはいり、夕食の膳が、その炬燵の上に置かれていた。

古びた建具、雨漏りのしみこんだ壁、その壁にかかった扁額、風鎮の揺れで弓を描いて疵《きず》つけた床の間の壁に下った軸物も、この宿屋にふさわしいもので、炬燵に暖まりながら、一人膳の飯を食っている自分が、とてもわびしいものに思われた。

汽車の旅は慣れていても、ほとんど山を歩く旅で、街の宿にはめったに泊らない。わたしは宿慣れがしていないので、たまに泊っても、気づまりな思いをするが、この商人御宿のあまり客をかまいつけないのは土地柄か、泊り客も大体想像がつくが、わたしにはかえってこの方が安心でくつろぐことができた。

店先が、ひどく騒々しいので目がさめた。じっと、聞き耳をたてると何人かの泊り客が一度にはいってきたらしい。騒々しさが静まってからも、二階のどの部屋でも男女のひそひそと語り合う声がわたしの部屋まで伝わってきた。

朝になって、小娘のいうには、遅くなって闇屋の手入れがあり、東京行の列車に乗りそこなった闇屋が、右往左往と駅を逃げ出して、どっと一度に泊りこんだのだといった。運ぶ品物を取上げられた人もあるが、中には、駅前の店屋へ品物を置き、発車直前に、さっと荷を担ぎあげて飛び乗る人もあるそうで、その人たちは手入れがあると知って、その荷物を担ぐが早いか、改札口とは反対に、闇の街路へ逃げ出し、荷物も取上げられず助かるという手を用いるのだとも小娘は話してくれた。

わたしが床を抜け出たころには、その泊り客は、もう宿屋を出てしまったあとで、どの部屋も静まりかえっていた。わたしは、雨戸をあけた。目にしみ入る朝の青空がひろがり、さっと触れる外の空気の、凍りつく冷たさに、わたしは、はっと眠気からさめた。

釜無川へ深く落ちこんだ谷の向うの、まだらに雪が積っている山々、その山の稜線の上に、全山雪に包まれた駒ガ岳が、まっさおな天空に、どっかとそびえていた。それに朝日をまともに受けた駒ガ岳の雪は、まばゆいばかりに輝いていた。打ち砕かれた氷の塊の断面を思わすような、とげとげしい駒ガ岳の山容は、むしろ、身ぶるいをおこすような醜怪な姿の眺めとも思えた。

宿を出はずれて、三、四段の石段を登ると、せまい家と家との間の露路をぬけた。その露路には、冬枯れの柿の木が枝を張って、重いザックにさわって、ピンとはねた。

線路を踏み切ると、路は少し登り気味で、両側は、せまい段々の稲田があり、浅い雪が一面に積っていた。ゴムの長靴をはいた娘が、急ぎ足でわたしの横をすりぬけて、駅の方へ下って行った。

朝日を受けて、農家が、あっちこっちに建っていたが、人の姿は見当らなかった。稲田も農家も尽きて、その上の方は一面の林であった。その林のまた上に頭の方にだけ雪をかぶった編笠山が、きちんとした姿で眺められ、真正面の斜面の灌木の中を路が一直線に登っているのが、かすかにそれとわかった。編笠山のうしろに雪の頭をのぞかせているのは、権現岳であろうか、二つも三つも雪の頭はのぞかせ気味であるが、赤岳の頂上あたりは吹雪いているのか、雪の舞うのが眺められた。

段々の稲田も尽きて、林の中へ路がはいろうとするところの、日だまりの草地で風をよけながら腰をおろして休んだ。

煤煙によごれた駅の建物が、ひとかたまりの民家にかこまれて、そこだけが、なにか動きのある社会を見せているように見おろせた。止まっている一台の機関車は、断続的な音をたてて、蒸気をはいていた。

ここから見おろしても、なお釜無川の流れは見えず、その深い谷あたりは、一面の林でもあるらしい。対岸の山の斜面は、灌木を埋めるほどの雪でもなく、そのまだら雪は見た目には見苦しかった。

わたしのいるところが高まったので、駒ガ岳もぐっとのしあがり、いままで見えなかった山ひだが、下の方までよく見えた。駒ガ岳の右肩には、雪の塊の凹凸が一列にノコギリの目のように並ぶ鋸岳、左肩の稜線のくぼみに、ちょっぴりと頭を出しているのが北岳か、鳳凰山塊の一連は吹雪いているが、上の方は見えなくて、紫にかすむぼう大な山腹だけが寒々と眺められた。

冷えてきたので、わたしは腰をあげて、林の中の霜どけ気味の路を登った。

祖母谷温泉へくだる

昭和二十六年夏。

清水平《しょうずだいら》からの尾根道は急峻な下りの連続であった。平地に降りつくと、そこにはかならず残雪があって、残雪の近くの青草に群れて、色とりどりの高山植物が乱れ咲いていた。左へ深く落ちこんだ祖母谷《ばばだに》は、黒木が繁り重なって不気味であった。右は、どこまでも続くように山波が遠く日本海の方へ消えていた。正面には、残雪を散らした剣が、醜怪な山容を見せ、その堂々とした重量感と圧迫感には、堪えかねる思いであった。

祖母谷温泉が、どの辺にあたるのか、その見きわめもつかないうちに、わたしたちは黒木の繁る森林帯にはいった。道は平坦になって、棒のように疲れた足のわたしは、ほっとした。イワカガミの艶のある葉にまざって、薄桃色の花が点々と咲いていて、印象的であった。

案内書で読むと「水があり、せまいが宿泊できるようになっている」とある不帰《かえらず》

岳の避難小屋は、屋根もなく、柱だけが折り重なって倒れていた。行き暮れた登山者であろうか、その折り重なった柱の間に小枝を敷いて野宿したあとがあった。

　百貫山への指導標が建っていて、祖母谷温泉への距離も明示してあった。それを読んだだれもかれもが、まだ、そんなに下らねばいけないのかと落胆した。尾根をはずれて、祖母谷側の斜面を捲いて下っていると、先頭を下っていた案内人の後についていた若い婦人が、はずみを食って転倒した。からだは、はね飛ばされるように、急な斜面を三メートルも滑り落ちて、灌木の中へ頭を下にし、不格好な姿で止まった。とっさに、案内人はザックを背からはずすと、落ちたままの姿でじっとしている婦人のそばへ、飛ぶように下って行った。打ちどころが悪くて、気絶でもしているのではないかと、ささやき合っているわたしたちの方へ向かって、婦人を抱え起こした案内人は、心配することはないという意味の合図をした。足が少し挫《くじ》け気味のほかは、かすり傷一つなく歩くのにもさしつかえはないという。Ｏ女史が、自分のザックから地下足袋を取り出して、婦人の真新しい登山靴と取替えた。

婦人は、きのう白馬の大雪渓を登るときも、腹が痛むというので、世話役の男にザックをもたせたりして、少しやっかいがられていた婦人であった。

清水岳を乗越すあたりで、大きなザックを背負った四人のあかにまみれた登山者に行き合った。あの人たちは、きょうは白馬までだろうと話合った。祖母谷もそろそろ夕靄のけはいである。汗だくになった元気のいい若い五人の登山者が、重々しいザックを背負って登ってきた。この人たちは、明るいうちには不帰岳の避難小屋へはつくまいと話合った。

木の間越しに見おろすと、谷間のひと所に、もうもうと湯煙りの登っているのを眺めて、だれもかれも、その湯煙りを眺めては息をはずませてよろこび合った。案内人は、もうひと息だと、疲れて遅れがちのわたしたちを力づけた。

目と鼻の先に湯煙りを眺めてからも、なかなか祖母谷の流れには下りつかなかった。下っているうちに、湯煙りははるかに上流に眺められるようになり、変だ変だとささやいていると渓流の岸に降りついた。下流の方から二人の少年がやってきたのできいてみると、湯場はもう少し下流だといった。二人の少年はきのう白馬へ登った先生が、帰ってくるのがおそいので迎えに行くのだといった。

流れに沿う道は、くま笹が折り敷かれていて、重い靴が引っかかって歩きづらかった。岸に繋ったくま笹をすかして、対岸に湯宿が見えた。

登山者の群れが、わたしたちの方を見つめていた。横木が落ちて、渡ることもできない吊橋が、急な流れの上に架かっていた。わたしたちは、河原へ降りて、岩から岩へ渡した丸太の橋をからだの調子をとって渡った。橋の中ほどに立つと、しなう丸太が流れにつかって靴は水しぶきでぬれた。

河原からコンクリートの段々を一段、二段と登ると小屋の前庭で、小屋のうしろに二階建ての泊り宿を普請中の大工たちの寝泊りする大型の天幕が、そこに張ってあった。

開け放たれた小屋の中は、ほとんどが登山者と思えた。横になって寝そべっている者があり、夕飯を食っている者があり、満員であった。

いま下ってきた対岸を放心したような姿の男女が、間隔を置いて歩いてくるのが眺められた。こちらから眺めていただれかが、相当に参っているなといった。岸から河原にずり落ちた姿を見ると、そこには、さきほどの少年が、手を取らんばかりにして付き添っていた。女の方が、いくぶん元気だとみえ

て、宙を浮くような力ない格好ではあるが、そろりそろりと、少年に付き添われて、丸太橋を渡った。渡り終るとふりかえって、男の方へ早く渡るようにと合図するふうであった。男は渡ろうともせず、しばらくそこに立ちつくしていた。心身ともに疲れきっている者には、あるいは急流に目が眩《くら》んで丸太橋は渡れんのかもしれないとわたしは思った。わたしたちは下る途中、疲れていると思える男女に追いついたが、男は付いているし、二人連れではあるしというので、さっさとその男女を追い越して下ったのであるが、その二人の男女が、学校の先生であったのである。上るときは、さほど苦痛ではなかったコンクリートの段々も、下る一方の山道で、疲れきって棒のようになった足では、折り曲げて踏みおろす痛さがたまらなかった。両の手で太股《ふともも》をおさえるようにして河原に降りると、そこにコンクリートでかこんだ野天風呂があったが、湯は満たされていなかった。

少し離れたところの断崖の下に、屋根だけを作った小屋があった。浴槽が二つ並んでいた。浴槽の間には、板の仕切りがしてあって、男女の別がしてあった。これでは正面から眺めたら、男湯も女湯も丸見えで、ほほえましい風景が展開することだろうと思った。

断崖の下の方の羽目から流れ出る熱湯は、量は少なかった。汗でふやけた皮膚にひりひりとしみて痛いほどの熱さをぐっとがまんしてはいった。

目の前を、急流は岩を打って泡をたて、夕暮れの中に、それがほの白く眺められた。淀んでいるあたりは、深い霧がただよって、見上げる空の星が散っていた。

満員であった小屋は営林署のもので、登山者や湯治客に利用させていることをあとで知ったが、新築の二階建ても、今年は完成していることだろう。奥深いだけに湯場といっても、登山的な心構えがないと達せられないところであるから、いまだに都塵にけがされず、原始的な環境をそのままに温存しているうれしさを、わたしはしみじみと味わいとった。

烏山雑記

世田谷の烏山に移って、もう半年になる。都会の騒音はなく、まったくの田園である。家代々、植木屋も兼ねた農家の庭は、まるで原始林のような巨大な樹木を繁らし、家を取巻く畑には、霜どけの土にまみれた麦が青くのびようとしている。

水田の向うには、雑木林がひろがり、その雑木林の上高く、送電線の鉄塔が、青空に突き出ている。住居らしい形のものは一つも見当らず、まるで、八ガ岳山麓の清里あたりの風景のようだ。この雑木林の向うはるかに白一色、一点のよごれもない富士が、晴れた朝には眺められ、夕暮れの逆光線の肩に、刻々に沈む黄金色の太陽の荘厳さは、ここに移り住んで、はじめて、しみじみと味わったほどだ。

近くの街を歩くにも、ゴムの長靴にくたびれた服だ。なりふりかまわず歩くわたしは、とうとう女房ともども烏山駅近くのパン屋の店員に、百姓のオヤジさんとオカミさんに見立てられて、返す言葉もなく、ただ苦笑したことがあった。

その後、次男坊を連れて、七、八丁も離れている小学校前の雑貨屋へ買物に行ったことがある。そのとき、店の老母は、わたしを土建屋の下働きに見立ててしまった。だから、まあ、わたしは、土方衆の一人に見られたわけだ。人相は、いい方ではないが、わたしを土方と見るのは、ちとひどすぎるなと思ったものの、気弱なわたしは、老母のいうままに、土方になりすましていたが、あまりいい気持ではなかった。

四国の百姓出だから、どう見立てられても無理のないことだが、次男坊は、ことに百姓の血が濃いようで、一日中土いじりに夢中になっている。移ってきた当時、小さいヘビを捕えてきて、わたしの仕事場で飼ってみたり、カマキリを部屋中にはわしてみたりしていた。

ストーブを入れるようになると、ヘビもカマキリも、いつのまにか死んでしまったが、子供は、どこからとなく、カマキリの卵の巣をかき集めてきて、仕事場の片隅に並べ、暖かくなったら、その中から、あのとぼけた、あいきょうのあるカマキリが、ぞくぞく生れ出るのだとよろこんでいた。

いつのまに植えたものか、庭の片すみにツクシが土をやぶって、いく本も頭を出していた。四月にやっと小学校へ上るというのに、移植ゴテを片手に、かがみこんで、土から出たツクシの頭をじっと眺めている姿を見ると、なんとしても、百姓の小せがれにちがいないと思う。そのオヤジだから、街の人々がわたしを百姓に見たり、農家の人々からは、土方とまちがえられるのも無理のないことだと思っている。

初版あとがき

　郡境にのびる名もない山脈と相対峙して、南に鬼ガ城山塊が、原始林におおわれて、黒々とそびえたっている。その山あいの小さな盆地の山村にわたしは生れた。だから、山はなんとも思わぬものだった。

　生れた家の庭さきから、北へ尾根を伝い登ると、郡境のうちの一つの突起（八九六・八メートル）の頂上につく。村の採草地で、見晴しのいい山だ。山麓に田川という村落があるので、田川山といったり、また、村の北方にあるので北山ともいっていた。

　父や兄にくっついて、その頂上に登ったのは、小学校の一年か二年のころだったと思う。頂上にたつと、海が見え、小さな山また山が折り重なって続いていて、遠くのむこうに紫の幕を張ったように、広くて長い平らかな山を眺めて、わたしは、おどろいた。

　ずっとあとになって、その山が四国唯一の高原大野ガ原（一四〇三メートル）であったことを知った。山への関心は大野ガ原の遠望が、最初ではないかと思っている。さも山を歩いているように思えるが、そうではない。いつから山を歩いたかという山歴などは、自分でもわからない。まるでルンペンの山歩きだと思っている。作文にしても、自分の眼玉で眺め、そして感じた印象の記憶をたよりに書くよりほか手がないのである。

この本に集録されたものは、戦後まもないころからのものである。一冊の本にまとまるきっかけは、先輩足立源一郎先生である。山村民俗の会の岩科小一郎、牧田不二の両氏の意見にしたがって、構成はなった。青年藤井彰人君が手伝ってくれた。そして新島社長の忍耐と好意によって、あやふやな、絵と文「山の眼玉」が世に出ることになった。わたしにとって、面映《おもは》ゆいようであるが、望外のよろこびである。さきにあげた皆さんに感謝いたしたい。

（昭和三十二年十二月）

新版あとがき

かれこれ三十年近く前に、朋文堂から出版した画文集『山の眼玉』は、わたしにとってはじめての本で、その後、自摺版画集も含めて数多くの出版を重ねてきた中で、一入《ひとしお》愛着の深いものがあった。

刊行後まもない頃、息子が日本橋丸善のウインドーに、新刊書として『山の眼玉』が一冊、展示されているのを見て帰り、おどろいたように報告したことなどを憶い出す。当時としてはこのような画文集はめずらしかったようだ。

長らく市場から姿を消したままに置かれたこの本を、このほど美術出版社が装本を新しくして再び世に送り出してくれることになった。大へんうれしいことである。大下敦社長に心からお礼申しあげる。新版の制作には編集部の上甲ミドリさんの手を煩わした。

気ままに続けてきた山歩きも、十五、六年前に次男と信州燕岳に登山したのが最後になった。だからこの本を開くと、若い元気な頃の貧しいが楽しくもあった旅の数々が思い出され、なつかしい。

なお、初版の書名『山の眼玉』を、今回『山の目玉』と改めた。

（昭和六十一年六月）

解説――畦地さんの『山の眼玉』

大谷一良

畦地さんの『山の眼玉』は、一九五七年十二月に、朋文堂から山岳文庫の第九巻として刊行された。定価九百円。高価な本だった。

朋文堂の山の雑誌、『山と高原』に掲載された画文が纏められたが、画は『山の眼玉』のために新しく描かれたという。

畦地さんには、それまでに、川崎隆章の短歌と散文に手彫り文字と版画を使った『山上の楽園』や、自身の画文集『山の絵本』の他、すでに十種ほどの手摺り版画集があるが、いずれも限定版で数に限りがあって、誰にも容易に手に入るものではなかった。『山の眼玉』は、畦地さんが自らいう〈最初の本格的な〉本であった。

「わしの本が丸善（日本橋）のウィンドーに出ている」と、ある日畦地さんが驚いて帰宅し、長女の美江子さんが命を受けてその写真を撮りにいったという話は、今は家族の中で半ば笑い話として語られるが、そのとき、畦地さんは、五十五歳であった。

＊

畦地さんは、一九〇二年十二月二十八日、愛媛県北宇和郡二名村（現在の三間町）に、由太郎、トヨの三男として生まれた。十六歳のとき、郷里を離れた。「この年、村役場の給仕採用試験に落ち、村に住みつこうとする気持ちを失う。家族の同意を得て郷里を離れる」（中島理壽編「畦地梅太郎年譜」より）

中島理壽氏は畦地さんの詳細な年譜を作っている。また畦地さんも、「とぼとぼ歩いた道」や、他の文章でいろいろ思い出を記しているので、それらに従って、畦地さんの若い頃を辿ってみよう。奥さんの康恵さんは、畦地さんを「記憶のいい人でした」という。

「家を出る朝は早かった。真っ暗いなかを母は庭さきまで見送ってくれた。別れの言葉はきこえても、母の姿は暗闇のなかで、なにひとつ見えなかった。父と二人暗闇の夜道を、宇和島までとぼとぼ十二キロを歩いた」。父は、港まで送ってくれた。夕方の出港まで、親子は町の見物をし、息子は魚の煮付けを食べ、父親は酒を飲んだ。「「梅よ、さかなうまいか」といったものだ。いま考えると、父は、別れのごちそうのつもりであったんだろうと思う」

私たちは何気なく一言で〈苦労〉といったりするけれども、戦前の畦地さんの生活の苦労は、今の時代、そう簡単には想像ができないように思う。

大阪で船員をしていた長兄光次郎の意見を容れ、二年間の船員生活をして上京のための学費を蓄える。一九二〇年、十八歳で上京。新聞配達のかたわら学校に通うが、二十歳のとき写生をしている画学生を見て、画家になろうと心に決めた。日本美術院の通信教育で油絵を独学する。苦学をした。部屋代がなくて、新橋駅の西側の電柱置き場の空地で羽織を露しのぎにして寝たこともある。

二十二歳の春、徴兵検査を受けるため、一時帰郷。乙種合格で兵役を免れる。夏に再度上京、新聞社の発送係になるが、間もなく関東大震災に遭い、着のみ着のまま再度帰郷する。宇和島で石版印刷屋の見習い工や看板屋の仕事をした。映画『虞美人草』の看板を描いたり、発電所のペンキを塗ったりした。二十三歳で改めて上京、今度は一カ月ばかり浴場の背景描きを手伝う。一日二円の手当てを貰った。紙張り子の面の顔を描き、郵便配達の臨時雇いもした。後に知人の世話で日給一円二十銭で内閣印刷局に勤めることになった。

仕事は鉛を鋳型に流しこみ版面を作ることだった。そこで、「鉛で平たくしたのをこっそり作って、鈍器で表を引っかき、インクをなすりつけ、紙をのせ、湯飲みの平たいところでこすると、形ができあがった。わしは、それまで版画というものがあるのを知らなかった。知らずに版画を作ったのであった」

子供の頃、父親が開き戸の裏側に天神様の絵を彫り、刷ったことを思い出した。

こうした鉛版画はやがて平塚運一に認められ、日本創作版画協会第七回展の初入選を機に、石井鶴三、恩地孝四郎、前川千帆、山口源等の知己を得る。木版画を始める。そしてやがて職を辞し、版画家としての長い道を歩き始めることになる。一九二七年、二十五歳のときであった。しかし、それですぐに生活ができるわけではなかった。

＊

故郷では村のすぐ裏に、標高九百メートルほどの山があって、子供の頃にはよく遊んだ。しかし、自然の対象としての山に魅せられたのは浅間山だった。畦地さんはいう。「ある人の頼みでひと夏軽井沢へ手伝いに行ったことがあるんです。そのとき初めて浅間山を見たんですね。その浅間山が、今までわたしの見たこともない煙を噴き出している。それにわたしは圧倒されちまって、山というものは生きているんだな！　と思った。それから山にとっついちゃったわけです」

軽井沢では、草木屋の山崎斌《あきら》の企画した限定出版物のために木活字を彫った。若山牧水『富士百首』、島崎藤村『早春詩抄』など、草木屋の木活字本が作られたが、畦地さんは、その何百という文字の細かい刻字のために眼を痛め、以後この仕事は止めた。しかし、これを機会に後に室生犀星から、著作の表紙の文字を依頼され、何冊もの表紙を飾ることになったが、それはともかく、山との新しい接点はこうして生まれた。三十五歳の頃である。

三十八歳で、五島康恵さんと結婚した。眼疾の保養に四国に戻り、その後、南予の御荘にある四国四十番霊場・観自在寺に一年ほど滞在した。康恵さんは、その住職の長女だった。

山に行く度数が増えた。自分は登山家か登山者のどっちかと考えたことがあったが、どっちでもないと思った。山には〈所帯道具〉を持って安心して入れるのがいい、そして三日も四日も人と口をきかないのもまた素晴らしいという。畦地さんの山登りは、天幕、毛布、雨用のシート、水筒に飯盒、米に味噌、それに大事なアルコール。スケッチをした頃は、スケッチ・ブックをすぐに取り出せるように首から布製の袋を下げた。食料が足りなくなると里に下りて補給してまた山に戻った。一週間でも十日間でも山にいた。「山に行きたくなると、気配で分かるんです」と、奥さんは述懐する。

『山の眼玉』の中で、「現地写生がかならずしも、すぐれた芸術作品になるものとは思わない」と書いているが、版画という技法では、山でのスケッチがその場でそのまま作品になるわけではない。畦地さんは「山で考えたことを帰ってきてから想をねる」「だから山のそのままは出てこない」「わたしの場合は山が一つくらい足らなかろうが余計にあろうが、それはかまわない。全体的に山の感じがそこから出てきていればいい」「作品の場合はそういうもんです」「山自体をそのまま画にしたらこれは一種の山の記録に過ぎない」、またあるときは、「わしは山に登る気持ちを絵で表現しようとしている」と話したことがある。

だんだん山ではスケッチをしなくなった。

畦地さんといえば〈山男〉というほどだが、やがて「風景では自分を表現するのに頼りなくなって」、風景が、人物である〈山男〉に移っていく。最初の〈山男〉は、青いセーター姿で煙草とコップをもった男で、一九五三年に生まれた。以後、数多くの〈山男〉が誕生していった。〈山男〉は、畦地さんではないかという、多くの人の疑問に、畦地さんはこう答える。「里の生活から抜け出して山のひとときを楽しんでいる人間の姿、それが〈山男〉じゃと思うてもらえば一番いい」

雷鳥や動物については、独りの山の中で、「生きているものに会う、そのときわたしはほっとするんです。そのほっとした気持ちが、例えば雷鳥をだいている画になる」「〈山男〉のようなああいう今の姿をやっても別にモデルがあるわけじゃない。あの中にあるもの、裏にあるものはわたしなんです。〈山男〉はわたしなんです。〈山男〉を通じて自分の気持ちを出してゆくということなんです。よく人から、モデルは誰じゃ、なんていわれるんですが、モデルはないんです」

この畦地さんの言葉に関して、串田孫一さんは、ある人物を創り出すということについて、文章では自分のある部分を利用して人物を創る人は大勢いるが、そこへ自分のすべてを書き込める文章家はいないと思われるとした上で、文章と絵とを同じように扱うわけにはいかないが、自分をそっくり入れる器を創り出すのは、絵の方が遥かに難しいのではないか。畦地さんが、〈山男〉は自分だといい、更に「「モデルはないんです」とわざわざ断っておられるところに、私はあの山男の価値が大きくふくらむように思う」と記す。「「モデルはわたしだ」と言われるなら、それは単なる自画像になってしまう。畦地さんと〈山男〉とはそういう関係にはない。画家が自画像を描く心理とは全く別のところに、〈山男〉は誕生した。その中にあるものは「わたし」である以上、〈山男〉は畦地さんの理想像でもない。ある人間の肖像でもなく、自画像でもなく、更に理想像でもないとしたら、〈山男〉は畦地さんにとって何と呼んだらいいのだろうか」

畦地さんの絵の秘密について、このような考察をした人はなかったと思う。

これまで、畦地さんの言葉や文章を引用したりしてきたが、畦地さんはずっと故郷伊予の訛が消えなかった。話し言葉はもとより、文章にもその名残りが自ずから出ている。独特の文章はその語り口と併せて名文で、読む人を魅きつけて止まない。『山の眼玉』の後も、たくさんの文章が書かれているが、それを裏打ちする畦地さんの人柄とその観察の細かさには、植物の好きなことと記憶のよさがあげられるかも知れない。『山の眼玉』にも、さまざまな山の花の名前が出てくる。ランは特に好きで、東京でも大切に育てていた。

＊

戦前から多くの山の本が出版されたが、その中で、画文集『山の眼玉』の独自の地位は、今も変わらない。登山家でも登山者でもないかも知れないが、山という自然を汲み取った人から湧き出たように画と文章が一つの世界を創る。紛れもない山の画文集である。

畦地さんの〈山男〉は、その後を追っていけば、少しずつ姿を変え、絵そのものも一時は抽象画に向かうことがあったが、再び山の世界に戻った。雷鳥も一緒に帰ってきたが、家族や子供の顔も加わったりして、絵が優しくなった。雑誌『アルプ』にもたくさんの画文を発表し、次々に新しい画文集が生まれ、画集が作られた。

一九八五年の「石鎚山」と「みどり、さわやか」が、最晩年の版画作品となった。生まれ故郷愛媛県と、終の住処となった町田市のための作品であった。大きな緞帳《どんちょう》に加工され、それぞれの町の施設の舞台を飾っている。九八年の暮れに、季刊『銀花』の「とぼとぼ九十六年」という畦地梅太郎特集を眼にしたのが最後で、一九九九年四月十二日に、九十六歳の生涯を閉じた。

（版画家）

『山の眼玉』は一九五七年、朋文堂から発行されました。本書は、一九八六年発行の『山の目玉』（美術出版社刊）を底本としました。

一部、振り仮名を追加し、明らかな誤植は訂正しました。

なお、今日の人権意識に照らして考えた場合、不適切と考えられる語句や表現がありますが、原書の時代的背景とその文学的価値に鑑み、そのまま掲載しました。

山の眼玉

二〇一三年十月五日　初版第一刷発行

著　者　畦地梅太郎
発行人　川崎深雪
発行所　株式会社　山と溪谷社
郵便番号　一〇二−〇〇七五
東京都千代田区三番町二〇番地
http://www.yamakei.co.jp/
■商品に関するお問合せ先
山と溪谷社カスタマーセンター
電話　〇三−五二七五−九〇六四
■書店・取次様からのお問合せ先
山と溪谷社受注センター
電話　〇三−五二一三−六二七六
ファクス　〇三−五二一三−六〇九五

デザイン　岡本一宣デザイン事務所
印刷・製本　大日本印刷株式会社
定価はカバーに表示してあります

Printed in Japan ISBN978-4-635-04759-3